诗经

彩色插图本

柳 萍 解注

民主与建设出版社
·北京·

©民主与建设出版社，2020

图书在版编目（CIP）数据

诗经：彩色插图本 / 柳萍解注. --北京：民主与建设出版社，2020.5（2021.9重印）
ISBN 978-7-5139-2968-4

Ⅰ.①诗… Ⅱ.①柳… Ⅲ.①古体诗—诗集—中国—春秋时代 ②《诗经》—注释 Ⅳ.①I222.2

中国版本图书馆CIP数据核字（2020）第040470号

诗经：彩色插图本
SHIJING CAISE CHATUBEN

解　　注	柳　萍
责任编辑	吴优优
装帧设计	尚上文化·海凝
出版发行	民主与建设出版社有限责任公司
电　　话	（010）59417747　59419778
社　　址	北京市海淀区西三环中路10号望海楼E座7层
邮　　编	100142
印　　刷	大厂回族自治县德诚印务有限公司
版　　次	2020年5月第1版
印　　次	2021年9月第2次印刷
开　　本	880毫米×1230毫米　1/32
印　　张	8
字　　数	160千字
书　　号	ISBN 978-7-5139-2968-4
定　　价	49.80元

注：如有印、装质量问题，请与出版社联系。

本书插画来自日本江户时代学者细井徇撰绘的《诗经名物图解》，图注结合现代物种学研究进行了重新整理，更为详细易懂。

目录

风

周南
关雎 / 002
葛覃 / 004
卷耳 / 006
樛木 / 008
桃夭 / 010
兔罝 / 012
麟之趾 / 013
芣苢 / 014
汉广 / 016

召南
采蘩 / 018
草虫 / 020
采蘋 / 022
甘棠 / 024
羔羊 / 026
小星 / 027
摽有梅 / 028
野有死麕 / 030

邶风
绿衣 / 032
凯风 / 033
燕燕 / 034
式微 / 035
击鼓 / 036
终风 / 037
旄丘 / 038
雄雉 / 040
匏有苦叶 / 042
北风 / 044

静女 / 046
二子乘舟 / 047

鄘风
柏舟 / 048
蝃蝀 / 049
墙有茨 / 050
君子偕老 / 051
鹑之奔奔 / 052
相鼠 / 054
载驰 / 056

卫风
淇奥 / 058
硕人 / 060
氓 / 062
河广 / 065
芄兰 / 066
伯兮 / 068
有狐 / 070
木瓜 / 072

王风
黍离 / 074
大车 / 075
君子于役 / 076
中谷有蓷 / 078
兔爰 / 080
采葛 / 082

郑风
叔于田 / 084
萚兮 / 085
将仲子 / 086

遵大路 / 087
女曰鸡鸣 / 088
有女同车 / 090
山有扶苏 / 092
褰裳 / 094
风雨 / 095
东门之墠 / 096
子衿 / 098
扬之水 / 099
出其东门 / 100
野有蔓草 / 101
溱洧 / 102

齐风
鸡鸣 / 104
东方未明 / 106
卢令 / 108
载驱 / 109
敝笱 / 110
著 / 112
猗嗟 / 113

魏风
葛屦 / 114
十亩之间 / 115
汾沮洳 / 116
园有桃 / 118
伐檀 / 120
硕鼠 / 122

唐风
绸缪 / 123
蟋蟀 / 124
椒聊 / 126

鸨羽 / 128
葛生 / 130

秦风
蒹葭 / 132
黄鸟 / 134
晨风 / 136
无衣 / 138
渭阳 / 139
权舆 / 140

陈风
宛丘 / 141
东门之枌 / 142
衡门 / 144
月出 / 145
东门之池 / 146
东门之杨 / 148
泽陂 / 150

桧风
羔裘 / 152
素冠 / 153
匪风 / 154
隰有苌楚 / 156

曹风
候人 / 157
蜉蝣 / 158

豳风
七月 / 160
鸱鸮 / 164

狼跋 / 166

雅

小雅
鹿鸣 / 168
伐木（节选）/ 170
鸿雁 / 171
采薇 / 172
出车 / 174
鱼丽 / 176
湛露 / 178
菁菁者莪 / 180
庭燎 / 182
白驹 / 183
我行其野 / 184
斯干（节选）/ 186
无羊 / 187
鹤鸣 / 188
白华 / 190
小宛 / 192
谷风 / 194
无将大车 / 195
蓼莪 / 196
北山 / 198
鼓钟 / 200
裳裳者华 / 201
桑扈 / 202
车舝 / 204
青蝇 / 206
鱼藻 / 207
都人士 / 208
采绿 / 210

隰桑 / 212
瓠叶 / 213
渐渐之石 / 214
何草不黄 / 215
苕之华 / 216

大雅
绵（节选）/ 218
旱麓 / 220
生民 / 222
泂酌 / 226
烝民（节选）/ 227
卷阿（节选）/ 228
灵台 / 230

颂

周颂
振鹭 / 232
天作 / 234
噫嘻 / 235
潜 / 236
有客 / 238
闵予小子 / 239
小毖 / 240

鲁颂
駉 / 242
泮水 / 244
有駜 / 247

商颂
玄鸟 / 248

《诗经》是我国最早的一部诗歌总集,
收录了西周初年到春秋中叶大约500年间的诗歌,
原称《诗》或《诗三百》,
西汉时始称《诗经》。

风

多属民间歌谣,
大部分为劳动者集体创作,
包括周南、召南、邶、鄘、卫、王、郑、
齐、魏、唐、秦、陈、桧、曹、豳,
共15国的诗作。

关雎

写"君子"思慕"淑女"的心情,以及想象得到她之后的快乐。

关关雎鸠①
在河之洲
窈窕淑女②
君子好逑

参差荇菜③
左右流之
窈窕淑女
寤寐求之

求之不得
寤寐思服
悠哉悠哉
辗转反侧

参差荇菜
左右采之
窈窕淑女
琴瑟友之

参差荇菜
左右芼之④
窈窕淑女
钟鼓乐之

注释
① 关关:雌雄两鸟的和鸣声。雎鸠:一种水鸟。 ② 窈窕:形体美好的样子。
③ 参差:长短不齐。 ④ 芼(mào):选择,采摘。

雎鸠：又名鱼鹰，分布广泛，但一般罕见。

译文

水鸟关关对着唱，栖息在河中沙洲上。美丽善良的姑娘，是君子追求的对象。
长长短短的荇菜，或左或右把它采。美丽善良的姑娘，醒时梦时追求她。
追求她却总追不上，醒时梦时都想她。悠悠思念情意切，翻来覆去难入眠。
长长短短的荇菜，或左或右把它采。美丽善良的姑娘，弹着琴瑟来亲近她。
长长短短的荇菜，或左或右把它采。美丽善良的姑娘，敲着钟鼓来取悦她。

葛覃

赞美一位贵族女子的劳作生活。

葛之覃兮❶　葛之覃兮　言告师氏❽
施于中谷❷　施于中谷　言告言归
维叶萋萋❸　维叶莫莫❹　薄污我私
黄鸟于飞　是刈是濩❺　薄浣我衣
集于灌木　为𫄨为绤❻　害浣害否
其鸣喈喈　服之无斁❼　归宁父母❾

注释
❶覃：延长。❷施（yì）：蔓延。❸维：发语词。❹莫莫：茂密状。❺濩（huò）：煮。煮葛取其纤维织布。❻𫄨（chī）：细葛布。绤（xì）：粗葛布。❼斁（yì）：厌恶。❽言：连词，于是。师氏：女师或保姆。❾归宁：女子回娘家探亲。

葛：今称葛藤，茎可编绳，根可食用，纤维可织布。

译文

葛藤长又长，山沟沟里延伸，叶儿密密层层。黄莺飞成群，聚集在灌木林，叽叽呱呱叫不停。

葛藤长又长，山沟沟里延伸，叶儿密密层层。割藤蒸煮织麻忙，织成粗布细布，穿上它舒舒服服。

我告诉家里的保姆，我要告假回娘家。把我内衣洗一洗，把我外褂洗一洗。洗和不洗分清楚，回家探望我爹妈。

卷耳

写一位贵族女子登高远望满怀伤感。

采采卷耳　　　　陟彼高冈
不盈顷筐　　　　我马玄黄
嗟我怀人　　　　我姑酌彼兕觥❺
寘彼周行❶　　　维以不永伤

陟彼崔嵬❷　　　陟彼砠矣❻
我马虺隤❸　　　我马瘏矣❼
我姑酌彼金罍❹　我仆痡矣
维以不永怀　　　云何吁矣❽

注释
❶周行（háng）：大路。❷陟（zhì）：登。崔嵬（wéi），高峻的土石山。❸虺隤（huī tuí）：因劳累而病。❹金罍（léi）：青铜酒器。❺兕觥（sì gōng）：用犀牛角做的酒杯。❻砠（jū）：多石的山。❼瘏（tú）：（马）疲惫不能前行之病。❽吁（xū）：忧愁而叹。

卷耳：今称苍耳，幼苗嫩叶可食用，种子可磨面。

译文

采呀采呀采卷耳，采来采去不满筐。心里想念远行人，浅筐丢在大路旁。
登上高高的石山，我的马儿腿发软。且把酒杯来斟满，喝上一杯不思念。
登上高高的山冈，我马病得眼玄黄。且把大杯斟满酒，喝个一醉不忧伤。
登上高高的石山，马儿病倒难行呦。仆人累得病倒呦，如何解脱这忧伤。

螽斯

祝福他人子孙满堂、家族兴旺。

螽斯羽❶	螽斯羽	螽斯羽
诜诜兮❷	薨薨兮❹	揖揖兮❻
宜尔子孙	宜尔子孙	宜尔子孙
振振兮❸	绳绳兮❺	蛰蛰兮❼

注释

❶螽（zhōng）斯：一种蝗虫类昆虫。 ❷诜（shēn）诜：同众多的样子。 ❸振振：盛多的样子。 ❹薨薨：群虫齐飞的声音。 ❺绳绳：绵延不绝的样子。 ❻揖揖：通"集集"，会聚的样子。 ❼蛰蛰：群聚欢乐的样子。

螽斯：主要栖息于丛林、草间，我国共记录螽斯科600多种。

译文
蝗虫的翅膀，排得密密满满啊。你多子又多孙，繁茂兴旺连成群。
蝗虫的翅膀，群飞嗡嗡响啊。你多子又多孙，后代绵延无穷尽。
蝗虫的翅膀，群集不松散啊。你多子又多孙，群聚欢乐又和气。

桃夭

送女子出嫁的歌辞,祝福她与夫家和睦相处。

桃之夭夭❶ 桃之夭夭 桃之夭夭
灼灼其华❷ 有蕡其实❹ 其叶蓁蓁❺
之子于归❸ 之子于归 之子于归
宜其室家   宜其家室 宜其家人

注释
❶夭夭:茂盛的样子。❷灼灼:花开鲜明的样子。❸之子:指这个姑娘。❹蕡(fén):指果实繁盛之貌。❺蓁蓁:树叶茂盛的样子。

桃：可食用、入药，桃木则为民间辟邪之物。

译文

桃树茂盛花枝正好，红红的花儿多光耀。这姑娘要出嫁了，适宜恰好成了家。
桃树茂盛花枝正好，红白的桃儿多肥饱。这姑娘要出嫁了，适宜恰好成一家。
桃树茂盛花枝正好，绿绿的叶儿多秀茂。这姑娘要出嫁了，适宜全家人都好。

兔罝

赞美武士勇猛、辅助国君保家卫国。

肃肃兔罝❶	肃肃兔罝	肃肃兔罝
椓之丁丁❷	施于中逵❹	施于中林
赳赳武夫	赳赳武夫	赳赳武夫
公侯干城❸	公侯好仇❺	公侯腹心

注释

❶兔罝（jū）：捕兔的网。❷椓（zhuó）：敲打。丁（zhēng）丁：敲击木桩的声音。❸干城：指守卫的武士如干如城，能抵挡敌人的进攻。干，盾牌。❹中逵：逵中。逵，泛指大道。❺好仇：好助手。仇，同"逑"，匹配的意思。

译文

严严密密结兔网，丁丁打桩张地上。威猛武士雄赳赳，充当公侯守城将。
严严密密结兔网，四通八达道上放。威猛武士雄赳赳，充当公侯好助手。
严严密密结兔网，郊野林中多布设。威猛武士雄赳赳，充当公侯好亲信。

麟之趾

用麒麟比喻贵族子孙诚实仁厚。

麟之趾	麟之定③	麟之角
振振公子①	振振公姓	振振公族
于嗟麟兮②	于嗟麟兮	于嗟麟兮

注释

①振振：信实仁厚的样子。②于嗟：赞叹词。③定：借为"顶"，额头。

译文

仁兽麒麟有脚不踢人，好比信实仁厚的公子。你们是值得赞美的麒麟啊！
仁兽麒麟有额不抵人，好比信实仁厚的公孙。你们是值得赞美的麒麟啊！
仁兽麒麟有角不伤人，好比信实仁厚的公族。你们是值得赞美的麒麟啊！

芣苢

女子采集车前子时的劳作短歌。

采采芣苢❶ 采采芣苢   采采芣苢
薄言采之❷ 薄言掇之   薄言袺之❺

采采芣苢   采采芣苢   采采芣苢
薄言有之❸ 薄言捋之❹ 薄言襭之❻

注释

❶芣苢（fú yǐ）：即车前草。❷薄：发语词。❸有：采取。❹捋（luō）：用手掌成把地脱取东西。❺袺（jié）：用手捏着衣襟以兜物。❻襭（xié）：将衣襟掖在腰上以纳物。

芣苢：今称车前草，常生于牛马迹中，可食可药，为救荒本草。

译文

车前子哟采呀采，快些把它采起来。车前子哟采呀采，快些把它采了来。
车前子哟采呀采，快些把它拾起来。车前子哟采呀采，快些把它捋下来。
车前子哟采呀采，快些把它兜起来。车前子哟采呀采，快些把它兜回来。

汉广

写樵夫思女不得,唯愿在其出嫁时尽心尽力。

南有乔木	翘翘错薪❹	翘翘错薪
不可休思❶	言刈其楚❺	言刈其蒌❽
汉有游女❷	之子于归❻	之子于归
不可求思	言秣其马❼	言秣其驹
汉之广矣	汉之广矣	汉之广矣
不可泳思	不可泳思	不可泳思
江之永矣	江之永矣	江之永矣
不可方思❸	不可方思	不可方思

注释

❶思:语助词。❷汉:汉水。❸方:古称筏子为方,此指坐木筏渡江。❹翘翘:高出的样子。错薪:长得杂乱的柴草。❺刈:割。楚:丛生灌木,即牡荆。❻于归:古代女子出嫁。❼秣(mò):喂牲口。❽蒌(lóu):蒌蒿。

蒌：今称蒌蒿或芦蒿，现在已被驯化为常见蔬菜。

译文

南方有棵高高树，树下休息难做到。汉江女郎水上游，想去追求不可能。好比汉水宽又宽，游过难似上青天。江水悠悠长又长，划着筏子难来往。

高高杂草做柴好，打柴要砍荆树条。有朝那人来嫁我，先把她马儿喂喂饱。好比汉水宽又宽，游过难似上青天。江水悠悠长又长，划着筏子难来往。

高高杂草做柴好，打柴要把蒌草打。有朝那人来嫁我，先把她驹儿喂喂饱。好比汉水宽又宽，游过难似上青天。江水悠悠长又长，划着筏子难来往。

采蘩

写贵族夫人采摘白蒿（蘩）参与国君祭祀活动。

于以采蘩❶	于以采蘩	被之僮僮❹
于沼于沚❷	于涧之中	夙夜在公❺
于以用之	于以用之	被之祁祁❻
公侯之事	公侯之宫❸	薄言还归❼

注释

❶蘩：白蒿。❷沚：水中的小块陆地。❸宫：蚕室。❹被：当时妇女的一种发饰。僮（tóng）僮：形容蚕妇假髻高耸的样子。❺夙夜：早晚。❻祁祁：它形容蚕妇首饰盛华的样子。❼薄言：有急迫之意。

蘩：今称白蒿，为先秦食用野菜、祭祀品，现某些地区仍有白蒿防疫之俗。

译文
什么地方可以采白蒿？在那清清池塘里。什么地方要用它？为替公侯养蚕忙。什么地方可以采白蒿？在那溪涧流水里。什么地方要用它？送到公侯蚕室里。发髻高如云耸起，日夜忙碌没空闲。蚕妇发髻多盛华，蚕事完毕赶回家。

草虫

写女子思念心上人,希望一见摆脱忧伤。

喓喓草虫①	陟彼南山	陟彼南山
趯趯阜螽②	言采其蕨	言采其薇
未见君子	未见君子	未见君子
忧心忡忡	忧心惙惙④	我心伤悲
亦既见止	亦既见止	亦既见止
亦既觏止③	亦既觏止	亦既觏止
我心则降	我心则说⑤	我心则夷⑥

注释

①喓(yāo)喓:虫鸣声。草虫:蝈蝈。②趯(tì)趯:虫蹦跳的样子。阜螽(zhōng):蚱蜢。③觏(gòu):遇见。④惙(chuò)惙:愁苦。⑤说(yuè):通"悦"。⑥夷:平,这里指心安。

蕨:蕨菜,叶有毒素,煮至紫色后可食。

译文

蝈蝈在喓喓叫,蚱蜢又蹦又跳。久未见到君子面,心里又忧又烦。若能看到他,若能遇到他,心儿放下不忧愁。

登上那高高的南山,采摘鲜嫩的蕨菜。没有见我那君子人,心里烦闷真难熬。若能看到他,若能遇到他,心儿欢欣又舒畅。

登上那高高的南山,采摘青青的薇菜。没有见我那君子人,心里悲伤难言说。若能看到他,若能遇到他,心儿平静又安详。

采蘋

写女子出嫁前准备祭品的情况,以祭祀祖先。

于以采蘋[1]　于以盛之　　于以奠之
南涧之滨　　维筐及筥[3]　宗室牖下
于以采藻　　于以湘之[4]　谁其尸之[6]
于彼行潦[2]　维锜及釜[5]　有齐季女[7]

注释

[1]蘋(píng):浮萍。[2]行潦(lǎo):流动的水。[3]筥(jǔ):圆形竹器。[4]湘:烹煮。[5]釜:没脚的锅。[6]尸:古时祭祀用人充当神,称尸。[7]季女:少女。

蘋：今称田字草，先秦时的食用野菜、祭祀品。
藻：今称菹草、虾藻，古代常见食用植物，周代也用于祭祀。

译文

在什么地方采浮萍？南面山麓溪水滨。在什么地方采水藻？活水沟啊浅池沼。
用什么东西来装载？圆的筥啊方的筐。用什么东西来烹煮？无脚锅啊三脚釜。
在什么地方摆祭台？先祖庙堂窗棂旁。由什么人儿来主祭？少女恭敬又虔诚。

甘棠

写珍惜召伯曾经休憩的甘棠树。

蔽芾甘棠[1]　　蔽芾甘棠　　蔽芾甘棠
勿剪勿伐　　　勿剪勿败　　　勿剪勿拜[3]
召伯所茇[2]　　召伯所憩　　　召伯所说[4]

注释

[1] 蔽芾（fèi）：茂盛。[2] 茇（bá）：本指草根，此处用为动词。[3] 拜：屈枝。[4] 说（shuì）：通"税"，歇息。

甘棠：今称棠梨、杜梨，果实可食，也可酿酒、醋，根叶可入药。

译文

棠梨茂密又高大，莫剪枝叶莫砍伐，召伯曾住大树下。
棠梨茂密又高大，莫剪枝叶莫折断，召伯曾息大树下。
棠梨茂密又高大，莫剪枝叶莫弯曲，召伯曾歇大树下。

羔羊

写官员赴宴后回家的从容自得之态。

羔羊之皮　　羔羊之革　　羔羊之缝❹
素丝五紽❶　素丝五緎❸　素丝五總❺
退食自公　　委蛇委蛇　　委蛇委蛇
委蛇委蛇❷　自公退食　　退食自公

注释

❶五：交叉。紽：缝。❷委蛇（yí）：逶迤，悠闲得意、慢慢行走的样子。❸緎（yù）：缝。❹缝：指皮裘。❺總：同"总"，缝合。

译文

穿了一身羔皮袍，白丝横的直的缝起它。退出公府吃饭去，悠闲走呀悠闲走。
穿了一身羔皮袍，白丝横的直的连起它。洋洋自得出公府，回到家里吃饭去。
穿了一身羔皮袍，白丝横的直的缀起它。洋洋自得出公府，回到家里吃饭去。

小星

写小臣自叹行役劳苦,命不如人。

嘒彼小星❶　　嘒彼小星
三五在东❷　　维参与昴❺
肃肃宵征❸　　肃肃宵征
夙夜在公　　　抱衾与裯❻
寔命不同❹　　寔命不犹

注释

❶嘒(huì):星光微小且亮。❷三五:参宿三星,昴宿五星,故称"三五"。❸肃肃:急忙。❹寔(shí):是,此。❺参、昴:星宿名。❻抱:通"抛"。裯(chóu):床帐。

译文

小小星辰亮晶晶,三三五五在东方。匆匆忙忙赶夜路,从早到晚为着公。彼此命运真不同!

小小星辰闪闪亮,参昴二星挂天上。匆匆忙忙赶夜路,抛开棉被和床帐。命不如人莫怨尤!

摽有梅

写女子在梅子收获季节渴望及时出嫁。

摽有梅❶	摽有梅	摽有梅
其实七兮	其实三兮	顷筐墍之❹
求我庶士❷	求我庶士	求我庶士
迨其吉兮❸	迨其今兮	迨其谓之

注释

❶摽（biào）：坠落。❷庶：众。士：未结婚的男子。❸迨（dài）：及，趁。❹顷筐：浅筐。

梅：今称青梅，主要分为白梅类、青梅类、花梅类。

译文

梅子纷纷落了地，树上十成还有七。想追我的小伙，不要错过好时光！
梅子纷纷落了地，树上十成还有三。想追我的小伙，吉日良辰在今天！
梅子纷纷落了地，拿着浅筐来拾取。想追我的小伙，姑娘等你把口开！

野有死麕

写一场野外的偶遇。

野有死麕❶　　林有朴樕❹　　舒而脱脱兮
白茅包之　　野有死鹿　　无感我帨兮❺
有女怀春❷　　白茅纯束　　无使尨也吠❻
吉士诱之❸　　有女如玉

注释

❶麕（jūn）：獐子，鹿的一种。❷怀春：指男女春情荡漾。❸吉士：男子的美称，这里指猎人。❹朴樕（sù）：矮小的树木。❺帨（shuì）：女子佩巾，即围裙。❻尨（máng）：多毛而凶的狗。

麕：獐子，鹿科，行动灵敏，善跳跃。

译文

死獐子撂在荒郊，白茅轻轻将它包。有位姑娘心荡漾，青年猎人把话挑。
树林里砍倒小树，拾起死鹿在荒郊，茅草捆扎当礼物，如玉姑娘请收好。
"慢慢来呀，别匆忙！我的围裙可别动！别惹狗儿叫起来！"

绿衣

绿为间色而为衣,黄为正色而为裳,黄绿倒错,寓意违背礼仪,所以思念古人,一说见衣思人,怀念亡妻。

绿兮衣兮❶　绿兮丝兮
绿衣黄里❷　女所治兮❺
心之忧矣　　我思古人
曷维其已　　俾无訧兮

绿兮衣兮　　絺兮绤兮
绿衣黄裳❸　凄其以风
心之忧矣　　我思古人❻
曷维其亡❹　实获我心

注释

❶衣:上衣,穿在外面。❷里:衣服的衬里。❸裳:下衣,形如裙子。❹亡:同"忘"。❺女:通"汝"。指亡妻。❻古人:故人,指亡妻。

译文

绿色衣啊绿色衣,外面绿色黄内里。触物思人心忧伤,何时才能不心伤!
绿色衣啊绿色衣,外面绿色黄内里。心中忧愁割不断,何时才能把你忘!
绿色丝啊绿色丝,丝丝都是你所织。想起已亡好贤妻,使我一生无差失。
细布衣啊粗布衣,穿在身上凉凄凄。想起已故好爱妻,样样都合我心意。

凯风

一说感叹母亲辛苦,一说以颂母来谏父。

凯风自南	爰有寒泉❺
吹彼棘心❶	在浚之下❻
棘心夭夭❷	有子七人
母氏劬劳❸	母氏劳苦
凯风自南	睍睆黄鸟❼
吹彼棘薪❹	载好其音
母氏圣善	有子七人
我无令人	莫慰母心

注释

❶棘(jí):酸枣树。❷夭夭:旺盛的样子。❸劬(qú)劳:劳苦。❹棘薪:酸枣树长到可以当柴烧。❺爰:焉,疑问代词,在哪里。❻浚(xùn):卫国地名。❼睍睆(xiàn huǎn):鸟婉转的叫声。

译文

煦煦和风自南来,吹拂酸枣小树芽。棵棵幼苗长得旺,我娘辛苦善教养。
煦煦和风自南来,吹拂酸枣粗枝条。母亲明智又善良,我不成器难回报。
寒泉寒泉水清凉,源头就在那浚土。母亲养育七个儿,含辛茹苦倍劳忙。
小小黄雀宛转鸣,声音悠扬真动听。我娘空有七个儿,无人能慰慈母心。

燕燕

一说卫庄公夫人庄姜送庄公之妾戴妫回陈国,一说国君送妹出嫁。

燕燕于飞❶
差池其羽❷
之子于归
远送于野
瞻望弗及
泣涕如雨

燕燕于飞
颉之颃之❸
之子于归
远于将之❹
瞻望弗及
伫立以泣

燕燕于飞
下上其音
之子于归
远送于南❺
瞻望弗及
实劳我心❻

仲氏任只❼
其心塞渊❽
终温且惠
淑慎其身
先君之思
以勖寡人❾

注释

❶燕燕:燕子。❷于归:出嫁。❸颉(xié):向上飞。颃(háng):向下飞。❹将:送。❺南:指卫国以南的国家。❻劳:愁苦。❼仲氏:二妹。任:信任。❽渊:深远,引申为(情感)深厚。❾勖(xù):勉励。

译文

春燕双双天上飞,参差不齐展翅膀。这位姑娘要出嫁,送她到郊外路旁。睁眼望她望不见,泪落纷纷雨一样!

春燕双双天上飞,上下翻转影蹁跹。这位姑娘要出嫁,送她到遥远地方。睁眼望她望不见,久久站立泪汪汪!

春燕双双天上飞,忽上忽下盘旋忙。这位姑娘要出嫁,远送她去往南方。睁眼望她望不见,思念不已我心伤。

二妹为人可信任,心地笃厚情意深。性格温和且柔顺,为人善良又谨慎。常说"别忘先君爱",她用此语劝寡人!

式微

一说期待心上人归来,一说为国君服役不能归家,一说男女幽会。

式微　式微❶　　式微　式微
胡不归　　　　　胡不归
微君之故　　　　微君之躬
胡为乎中露❷　　胡为乎泥中

注释
❶式:作语助词。微:(日光)衰微,黄昏或曰天黑。❷中露:露水之中。

译文
天黑了,天黑了,为啥不回家?不是君主差事多,哪会顶风又冒露!
天黑了,天黑了,为啥不回家?不是君主差事多,哪会趟在泥浆中!

击鼓

一说军士怨恨不能回家与妻子团聚,一说向战友倾诉怨尤。

击鼓其镗　爰居爰处❶　于嗟阔兮
踊跃用兵　爰丧其马　不我活兮
土国城漕　于以求之　于嗟洵兮❸
我独南行　于林之下　不我信兮

从孙子仲　死生契阔❷
平陈与宋　与子成说
不我以归　执子之手
忧心有忡　与子偕老

注释
❶爰(yuán):疑问代词,何处之意。居、处:皆停下来的意思。❷契:指团聚。阔:是分离。这里指团聚。❸洵(xún):指久远。

译文
敲鼓声音响镗镗,战士踊跃舞刀枪。别人修路筑城墙,我独南下去出征。
跟着将帅孙子仲,要去调停陈和宋。就地驻守难回乡,满怀忧愁难自控。
住哪里呀歇哪方?战马丢失在何处?叫我哪里去寻找?在那深深丛林下。
无论聚散与死活,我和你曾定盟约。当时我拉着你手,白头到老与你过。
可叹相隔太遥远,我俩无法重相见。可叹与你久离别,使我无法守誓言。

终风

写女子想念一位性情狂暴无常的男子。

终风且暴❶　　终风且曀❹
顾我则笑　　　不日有曀❺
谑浪笑敖❷　　寤言不寐
中心是悼　　　愿言则嚏

终风且霾　　　曀曀其阴
惠然肯来❸　　虺虺其雷
莫往莫来　　　寤言不寐
悠悠我思　　　愿言则怀

注释

❶终风:大风。暴:急骤、猛烈。❷谑:调戏。敖:放纵。❸惠然:顺从的样子。❹曀:阴云密布有风。❺不日:不到一天。有:通"又"。

译文

风既狂来雨又暴,见我他就笑嘻嘻。肆意调戏太荒唐,使我内心常悲凄。
大风既起尘土扬,相爱他就来我房。从此后不来不往,引起我日思夜想。
风既刮来云又起,天刚放晴又变阴。夜半犹难入梦乡,想他不住打喷嚏。
天色阴沉暗无光,雷声隐隐远处响。躺在床上睡不着,愿他悔悟把我想。

旄丘

一说流离之人盼望兄弟救助而不得,一说闺怨诗。

旄丘之葛兮❶　　狐裘蒙戎❸
何诞之节兮❷　　匪车不东
叔兮伯兮　　　　叔兮伯兮
何多日也　　　　靡所与同❹

何其处也　　　　琐兮尾兮❺
必有与也　　　　流离之子❻
何其久也　　　　叔兮伯兮
必有以也　　　　褎如充耳❼

注释
❶旄(máo)丘:前高后低的土山。❷诞:延,长。❸蒙戎:蓬松,乱貌。❹靡:无。同:同心。❺琐:细小。尾:卑微。❻流离:转徙离散。❼褎(yòu):多笑貌。充耳:塞耳。

流离：今称长尾林鸮（xiāo），猫头鹰之一种，古人视之为不祥之鸟。

译文
小丘上有葛藤攀缘，枝节怎么那样长？叔啊，伯啊，为什么好久不帮忙？
为什么安然在家中？一定是在等待同伴。为啥拖延这么久？其中一定有缘故。
身穿狐裘毛蓬松，他们的车子不向东。叔啊，伯啊，心情不和我们同。
我们卑微又渺小，四处漂流真可怜。叔啊，伯啊，你们塞住耳朵听不见！

雄雉

一说妻子怀念远行的丈夫,一说贤者后悔出仕于乱世。

雄雉于飞 瞻彼日月
泄泄其羽❶ 悠悠我思
我之怀矣 道之云远
自诒伊阻❷ 曷云能来

雄雉于飞 百尔君子
下上其音 不知德行
展矣君子❸ 不忮不求❹
实劳我心 何用不臧

注释
❶泄(yì)泄:鸟舒缓振羽的样子。❷诒(yí):遗留。伊(yī):此,彼。阻:阻隔。❸展:诚实。❹忮(zhì):忌恨。

雉：野鸡，雄鸟羽色鲜艳华丽，人类多采集为装饰。

译文
雄野鸡空中飞翔，舒展双翅上蓝天。心中怀念我丈夫，自留忧患在心间！
雄野鸡空中飞翔，忽高忽低声唱悲。心中日夜想夫君，苦思冥想愁断肠！
望着太阳盼月亮，思君不断情缠绵。山河阻隔路漫长，何日回到我身旁？
天下官员都一样，不懂品德和修养。不贪不妒仁义讲，为何没有好命运？

匏有苦叶

写女子在渡口等待心上人。

匏有苦叶　　　雝雝鸣雁
济有深涉❶　　旭日始旦
深则厉　　　　士如归妻
浅则揭　　　　迨冰未泮❻

有弥济盈❷　　招招舟子
有鷕雉鸣❸　　人涉卬否❼
济盈不濡轨❹　人涉卬否
雉鸣求其牡❺　卬须我友❽

注释
❶济：水名，在今山东西北部。❷有弥：形容水满的样子。❸鷕（yǎo）：雌山鸡的叫声。❹轨：车横轴的两端。❺牡：鸟兽的雄性。❻泮（pàn）：散，解。❼卬（áng）：女性第一人称代词。❽须：等待。

匏：匏瓜，葫芦之类，可食用；果实老化晒干后可系于腰间渡水，称为腰舟；对称剖开，可成瓢。

译文

葫芦瓜有苦味叶，济水渡口深水流。水深连着衣裳过，水浅提衣快快行。
白水茫茫济河满，岸丛野雉叫得欢。水满不浸车轴头，野雉求偶鸣声传。
又听大雁和谐鸣，太阳初升红济河。你如有心来迎娶，莫等冰融早过河。
船夫挥手开渡船，别人渡河我等待。别人渡河我等待，我等朋友来结伴。

北风

一说民众相约逃离危乱国家,一说女子不堪丈夫暴虐,与人私奔。

北风其凉　　北风其喈❷　　莫赤匪狐
雨雪其雱❶　雨雪其霏　　　莫黑匪乌
惠而好我　　惠而好我　　　惠而好我
携手同行　　携手同归　　　携手同车
其虚其邪　　其虚其邪❸　　其虚其邪
既亟只且　　既亟只且　　　既亟只且

注释
❶雨雪:降雪,下雪。雱(pāng):雪下得很大的样子。❷喈(jiē):疾貌,寒,引申为凄凉。❸虚,通"舒"。邪,通"徐"。虚邪即缓慢的样子,引申为迟疑不定。

乌：今称大嘴乌鸦，乌鸦之一种，通体黑色。

译文

北风呼呼阵阵凉，大雪飞扬满天飘。我和亲爱的朋友，携手一同去逃荒。岂能舒缓再犹豫？情况危急快出奔！

北风呼呼凉透骨，大雪飞扬白茫茫。我和亲爱的朋友，携手一同去逃荒。岂能舒缓再犹豫？情况危急快出奔！

穿大红的都是狐，穿黑衣的都是乌。我和亲爱的朋友，携手一同去逃荒。岂能舒缓再犹豫？情况危急快出奔！

静女

写与美女幽会，先是着急，而后欢喜。

静女其姝	静女其娈①	自牧归荑④
俟我于城隅	贻我彤管	洵美且异
爱而不见	彤管有炜②	匪女之为美
搔首踟蹰	说怿女美③	美人之贻

注释

①娈：美好的样子。②炜（wěi）：有光彩。③说怿（yuè yì）：喜爱。女：同"汝"，你。④荑（tí）：白嫩的茅草。

译文

娴静的姑娘惹人爱，约我城角楼上来。故意藏着不露面，挠头徘徊心紧张。娴静的姑娘长得俏，赠我一支红管草。红草鲜艳放光辉，我爱草儿为姑娘。郊外嫩草为我采，诚然美好又珍异。不是草儿长得美，打从美人手里来。

二子乘舟

写母亲送别两个孩子,内心担忧。

二子乘舟　　二子乘舟
汎汎其景❶　汎汎其逝
愿言思子❷　愿言思子
中心养养❸　不瑕有害

注释
❶汎汎:通"泛",漂浮的样子。景:通"憬",远行。❷愿言:犹"愿焉"。愿,思念。❸养养:心中烦躁不安的样子。

译文
两个孩子乘小船,飘飘荡荡向远方。多么思念你们啊,愁绪绵绵心不安。
两个孩子乘小船,飘飘荡荡影消失。多么挂念你们啊,此行切莫遭灾祸!

柏舟

女子自行择欢,受到母亲制约,誓死反抗。

汎彼柏舟❶　　汎彼柏舟
在彼中河　　　在彼河侧
髧彼两髦❷　　髧彼两髦
实维我仪❸　　实维我特❺
之死矢靡它❹　之死矢靡慝❻
母也天只　　　母也天只
不谅人只　　　不谅人只

注释

❶汎:漂浮。❷髧(dàn):头发下垂之状。髦:古代未冠之前披着头发,长齐眉毛,分向两边梳着,叫作髦。❸仪:配偶。❹矢:借为"誓"。❺特:配偶。❻慝(tè):通"忒",更改。靡慝,无所改变。

译文

飘来一条柏木船,一飘飘到河中央。垂发齐眉少年郎,那人才是我对象;誓死不把心来变。我的娘呀我的天,为何对我不体谅!
飘来一条柏木船,一飘飘到河边上。垂发齐眉少年郎,我愿与他配成双;誓死不把手来放。我的娘呀我的天,为何对我不体谅!

蝃蝀

写反对自由恋爱，斥责女子不守礼制。

蝃蝀在东❶	朝隮于西❸	乃如之人也
莫之敢指	崇朝其雨❹	怀昏姻也❺
女子有行❷	女子有行	大无信也
远父母兄弟	远父母兄弟	不知命也

注释

❶蝃蝀（dì dōng）：彩虹。❷有行：出嫁。❸隮（jī）：虹。❹崇朝：终朝，一个早晨。也指整天。❺昏：通"婚"。

译文

一条彩虹出东方，没有谁敢指着它。一个女子要出嫁，远离父母和兄弟。朝虹出现在西方，大雨下了好半天。一个女子要出嫁，远离父母和兄弟。她竟这样一个人，整天想着嫁新郎。不顾贞洁和信义，父母之命也不听！

墙有茨

一说讽刺统治者生活荒唐,一说家丑不可外扬。

墙有茨❶	墙有茨	墙有茨
不可埽也❷	不可襄也❺	不可束也❻
中冓之言❸	中冓之言	中冓之言
不可道也	不可详也	不可读也❼
所可道也❹	所可详也	所可读也
言之丑也	言之长也	言之辱也

注释
❶茨(cí):蒺藜。❷埽(sǎo):同"扫"。❸中冓(gòu):宫中淫乱之事。❹所:若,如果。❺襄:通"攘",除去。❻束:成捆地除掉。❼读:宣扬。

译文
墙上长蒺藜,不可扫掉呀。宫中秘密话,不可相传呀!如果传出来,污秽不可听!

墙上长蒺藜,不可除光呀。宫中秘密话,不可细说呀!如果说出来,丑事太多了!

墙上长蒺藜,不可捆住呀。宫中秘密话,不可宣扬呀!如果说出来,真难为情啊!

君子偕老

一说贵夫人有高贵之相,一说讽刺卫宣公夫人不淑。

君子偕老
副笄六珈❶
委委佗佗
如山如河
象服是宜❷
云如之何

玼兮玼兮
其之翟也❸
鬒发如云❹
不屑髢也❺
玉之瑱也❻
象之揥也❼
扬且之皙也
胡然而天也
胡然而帝也

瑳兮瑳兮
其之展也❽
蒙彼绉絺❾
是绁袢也❿
子之清扬
扬且之颜也
展如之人兮
邦之媛也

注释

❶副:步摇。笄(jī):簪子。珈(jiā):饰玉。❷象服:古代贵妇所穿礼服。❸翟:翟衣。绣着山鸡的衣服。❹鬒(zhěn):发黑而密。❺髢(dí):假发。❻瑱(tiàn):与首饰相系的耳旁垂玉,下端有穗,垂至胸部。❼揥(tì):发钗一类的首饰。❽展:展衣,一种细纱制成的红色夏衣。❾绉絺(chī):细葛布内衣,今名绉纱。❿绁袢(xiè pàn):暑天所穿白色内衣。

译文

誓和君子到白首,玉簪首饰插满头。举止大方又从容,如河之深如山重。华服鲜艳正合身,可是行为太丑陋,这又叫人怎样讲!

真鲜艳啊真鲜艳,绣上山鸡似云霞。黑发如云长又美,哪用装饰假头发。美玉耳环垂两旁,象牙发钗插头上。额头宽广肤如玉,仿佛尘世降天仙,恍如帝女到人间!

艳丽服装美如花,上穿朱红绉纱衣。罩上绉纱细葛衫,凉爽内衣夏日宜。你既眉清目又秀,额角方广貌不丑。世上此女太难寻,倾城倾国姿色美!

鹑之奔奔

写卫国人对卫宣公不满。

鹑之奔奔❶	鹊之彊彊
鹊之彊彊	鹑之奔奔
人之无良❷	人之无良
我以为兄	我以为君

注释

❶鹑（chún）：鹌鹑。奔奔：指成双成对地飞翔，与"彊彊"义同。❷无良：不善，不好。

鹑：今称鹌鹑，不能高飞、久飞，往往夜间群飞迁徙。

译文

鹌鹑尚且双双飞，喜鹊也知对对配。这人不端无德行，我还把他当长辈。
鹌鹑尚且双双飞，喜鹊也知对对配。这人不端无德行，反而占着国君位。

相鼠

斥责为人无礼的诗。

相鼠有皮	相鼠有齿	相鼠有体
人而无仪	人而无止	人而无礼
人而无仪	人而无止	人而无礼
不死何为	不死何俟❶	胡不遄死

注释
❶俟（sì）：等待。遄（chuán）：快。

鼠：地球上生存能力最强的哺乳动物，此诗所指应为褐家鼠。

译文
老鼠尚有皮，人却没威仪。人若无威仪，为何不去死？
老鼠尚有牙，人却无廉耻。人若无廉耻，不死还等啥？
老鼠尚有体，人却不懂礼。人若不懂礼，还不速去死？

载驰

许穆公夫人为卫国之女,卫灭后,去慰问卫国国君,作诗为纪。

载驰载驱❶
归唁卫侯
驱马悠悠
言至于漕
大夫跋涉
我心则忧

既不我嘉❷
不能旋反❸
视尔不臧❹
我思不远

既不我嘉
不能旋济
视尔不臧
我思不閟❺

陟彼阿丘
言采其蝱❻
女子善怀❼
亦各有行❽
许人尤之❾
众稚且狂

我行其野
芃芃其麦
控于大邦
谁因谁极

大夫君子
无我有尤
百尔所思
不如我所之

注释

❶载:发语词。❷既:尽,皆。不我嘉:意为"不嘉我",不赞同我。❸旋反:回归。反,同"返"。❹臧:善。❺閟(bì):止,尽。❽陟(zhì):登。❻蝱(méng):贝母草,药名。❼善怀:多思虑。❽行(háng):道理。❾许人:许国诸大夫。尤:责备,责难。

蝱：今称川贝母，百合科，名贵中药，花叶美丽。

译文

驾起轻车快驰骋，回去慰问我卫侯。挥鞭赶马路遥远，终于来到漕城头。许国大夫来追我，阻我行程令我愁。

虽然大家不赞成，哪能返身回许地。看来你们无良策，我怀宗国思难弃。虽然大家不赞成，决不渡水再回头。看来你们无良策，我恋宗国情不已。

登上那个高山冈，去采贝母治忧伤。女子从来多愁思，自有道理和主张。许国大夫责难我，实在狂妄又稚愚。

走在故国田野上，麦苗蓬勃如水浪。欲赴大国去陈诉，依靠大国来救亡。

许国大夫贤君子，请勿反对我主张。你们纵有千条计，不如我跑这一趟。

淇奥

赞美君子有好的气质和修养。

瞻彼淇奥❶
绿竹猗猗❷
有匪君子❸
如切如磋
如琢如磨
瑟兮僩兮❹
赫兮咺兮❺
有匪君子
终不可谖兮❻

瞻彼淇奥
绿竹青青
有匪君子
充耳琇莹❼
会弁如星❽
瑟兮僩兮
赫兮咺兮
有匪君子
终不可谖兮

瞻彼淇奥
绿竹如箦❾
有匪君子
如金如锡
如圭如璧
宽兮绰兮❿
猗重较兮⓫
善戏谑兮
不为虐兮⓬

注释

❶淇：卫国水名。奥：水曲处。❷猗（yī）猗：长而美貌的样子。❸匪：通"斐"，文采。❹瑟：庄重。僩（xiàn）：威武貌。❺咺（xuān）：威仪貌。❻谖（xuān）：忘。❼琇：宝石。❽会（kuài）：皮帽的缝合处。弁（biàn）：皮帽。❾箦（zé）：积的假借。茂盛的样子。❿绰：温柔。⓫猗：通"倚"，倚立。⓬虐：刻薄伤人。

绿：今称荩（jìn）草，可入药、用于染织，古人常用它染黄色、绿色。
竹：今称萹（biān）蓄、扁竹，可入药，嫩叶可食，古人曾用它充饥。

译文

看那淇水弯曲，碧绿竹林片片。有位文雅君子，如象牙经过切磋，如美玉经过琢磨。他气宇庄重轩昂，他举止威武大方。有此英俊的君子，教人记住不泯没。
看那淇水弯曲，绿竹袅娜一片。有位文雅君子，充耳垂宝石晶莹，帽上玉亮如明星。他气宇庄重轩昂，他举止威武大方。有此英俊的君子，教人记住不泯没。
看那淇水弯曲，绿竹葱茏一片。有位文雅君子，如金如锡般贵重，如圭如璧般温润。他气宇旷达宏大，他倚乘卿士华车。谈吐幽默真风趣，待人平易不刻薄。

硕人

写庄姜初嫁卫庄公的情形。

硕人其颀① 　手如柔荑⑦ 　硕人敖敖⑫ 　河水洋洋
衣锦褧衣② 　肤如凝脂 　说于农郊⑬ 　北流活活⑰
齐侯之子③ 　领如蝤蛴⑧ 　四牡有骄⑭ 　施罛濊濊⑱
卫侯之妻 　齿如瓠犀⑨ 　朱帻镳镳⑮ 　鳣鲔发发⑲
东宫之妹④ 　螓首蛾眉⑩ 　翟茀以朝⑯ 　葭菼揭揭⑳
邢侯之姨⑤ 　巧笑倩兮⑪ 　大夫夙退 　庶姜孽孽㉑
谭公维私⑥ 　美目盼兮 　无使君劳 　庶士有朅㉒

注释

❶硕（shuò）：高大的样子。颀（qí）：修长的样子。硕人：指卫庄公夫人庄姜。❷褧（jiǒng）衣：麻质罩衣，古代女子出嫁时途中所穿。❸子：女儿。❹东宫：这里指齐国太子得臣。❺姨：男子称妻子的姊妹。❻维：是。私：女子称姊妹的丈夫。❼柔荑（tí）：白茅的嫩芽。❽领：脖颈。蝤蛴（qiú qí）：天牛幼虫，色白身长，形容脖颈长而白。❾瓠犀（hù xī）：瓠瓜的籽，形容牙齿洁白整齐。❿螓（qín）：虫名。蛾：蚕蛾，其眉（即触须）细长而曲。⓫倩：酒窝。⓬敖敖：身材高大的样子。⓭说（shuì）：通"税"，停留，休息。⓮牡：雄马。⓯朱帻（fén）：红绸巾。镳（biāo）镳：盛美的样子。⓰翟茀（dí fú）：用山鸡翠色尾羽装饰的车。茀：车蔽。⓱活（guō）活：流水声。⓲施罛（gū）：撒渔网。濊（huò）濊：撒网入水声。⓳鳣（zhān）：鲤鱼。一说鳇鱼。鲔（wěi）：鲟鱼。发（bō）发：鱼尾击水声。⓴菼（tǎn）：荻苇。揭揭：高大貌。㉑庶姜：随嫁的众女。孽孽：妆饰华丽的样子。㉒朅（qiè）：威武健壮的样子。

蝶：宽头宁蝉或雨春蝉，比常见的蚱蝉（知了）小，现均不常见。

译文

美女硕长又秀美，麻纱罩衣五彩服，她是齐侯的闺女，她是卫侯的爱妻。她是太子的阿妹，她是邢侯的小姨，谭公是她的妹婿。

手指像初生幼荑，皮肤像凝结脂膏。颈如蝤蛴白生生，齿似瓠籽白而齐。丰满前额蚕蛾眉，颊边酒窝笑盈盈，黑白分明眼传情。

美人身材高又高，停车休息在城郊。四匹雄马多壮健，朱红马饰风中飘，雉羽马车就要到。朝见大夫早退朝，莫让君主太辛劳。

黄河水啊浪滔滔，向北流去哗哗响。渔网张开水里撒，鳣鱼鲔鱼蹦乱跳，两岸芦荻长势旺。陪嫁姑娘皆盛妆，护送庶士气势壮。

氓

写被弃女子斥责丈夫有始无终，并警告其他女子勿沉迷感情。

氓之蚩蚩①
抱布贸丝
匪来贸丝
来即我谋
送子涉淇②
至于顿丘③
匪我愆期④
子无良媒
将子无怒⑤
秋以为期

乘彼垝垣⑥
以望复关⑦
不见复关
泣涕涟涟
既见复关
载笑载言
尔卜尔筮
体无咎言⑧
以尔车来
以我贿迁⑨

桑之未落
其叶沃若⑩
于嗟鸠兮⑪
无食桑葚
于嗟女兮
无与士耽
士之耽兮
犹可说也
女之耽兮
不可说也

桑之落矣
其黄而陨
自我徂尔⑫
三岁食贫
淇水汤汤⑬
渐车帷裳⑭
女也不爽⑮
士贰其行
士也罔极⑯
二三其德

三岁为妇
靡室劳矣
夙兴夜寐
靡有朝矣
言既遂矣
至于暴矣
兄弟不知
咥其笑矣⑰
静言思之
躬自悼矣㉗

及尔偕老㉘
老使我怨
淇则有岸
隰则有泮⑱
总角之宴⑲
言笑晏晏⑳
信誓旦旦
不思其反
反是不思
亦已焉哉

鸠：古人以鸠泛指某几种鸟类，不同诗篇各有所指，此篇是指山斑鸠。

注释

❶氓（méng）：流民，男子的代称。蚩（chī）蚩：笑嘻嘻的样子。❷淇：卫国水名。❸顿丘：地名，今河南清丰县。❹愆（qiān）期：延误，失期。❺将（qiāng）：愿，请。❻垝（guǐ）垣：残破的墙。一说高也。❼复关：地名，男子的住处。❽体：占卜后所显示的兆象。❾贿：女方的嫁妆。❿沃若：润泽茂盛的样子。⓫于（xū）嗟：感叹词。于，通"吁"。⓬徂（cú）尔：到你家，嫁给你。徂，往。⓭汤（shāng）汤：水盛貌。⓮渐（jiān）：浸湿。

帷裳：车上布幔。⑮爽：二心，一说差错。⑯罔极：无常，没有定准。⑰咥（xì）：笑貌。⑱隰（xí）：低下的湿地。泮（pàn）：通"畔"，岸。⑲总角：未成年时。⑳晏晏：温和柔顺的样子。

译文

那个小伙笑嘻嘻，怀抱布匹来换丝。原来不是真买丝，找我商量婚姻事。送你渡过这淇水，直到顿丘才别辞。不是我要误婚期，是你没有请良媒。请你不要生我气，秋天到了来迎娶。

登上那边残破墙，遥向复关凝神望。复关远在云雾中，珠泪滚滚往下淌。望见你从复关来，有笑有说心花放。你占卜来你问卦，没有凶兆都吉祥。驾着你的大车来，快用车子搬嫁妆。

桑叶还没落下来，叶儿繁茂多光润。可叹那些小斑鸠，可不要去吃桑葚。可叹年轻姑娘啊，别与男子情太深！男子要是恋上你，要丢一甩就脱身。女子要是迷恋深，要想解脱难挣离。

桑树叶子落下来，叶儿枯黄自飘零。自从我到你家去，三年受苦度寒贫。淇水滔滔送我归，水溅车幔冷冰冰。我自问心无过错，是你男人太无情。反复无常没准则，前后不一无德行。

婚后三年守妇道，家务杂事一人担。起早睡晚勤劳作，累死累活非一朝。家业有成已安定，渐渐对我施凶暴。家中兄弟不知情，个个见我嬉笑言。静静思来默默想，独自伤神泪暗抛。

当年发誓同偕老，今想此话更恼怨。淇水虽阔有堤岸，洼地虽大也有边。想想少时多欢乐，温和可亲笑开颜，海誓山盟犹在耳，谁料翻脸违誓言。违背誓言不再想，那就从此算了吧！

河广

写宋国人身在卫国,思念遥远的故乡。

谁谓河广❶　　谁谓河广
一苇杭之❷　　曾不容刀❹
谁谓宋远　　　谁谓宋远
跂予望之❸　　曾不崇朝❺

注释
❶河:黄河。❷杭:通"航"。❸跂(qí):踮起脚跟。予:我。❹曾(zēng):乃;却。刀:通"舠(dāo)",小船。❺崇朝:终朝,一个早晨。

译文
谁说黄河宽又广?一根芦苇可飞航。谁说宋国太遥远?踮起脚尖望得见。
谁说黄河宽又广?一条小船难容放。谁说宋国太遥远?一个早晨到对岸。

芄兰

一说一个童子的怨言，一说讽刺卫惠公。

芄兰之支　　芄兰之叶
童子佩觿❶　童子佩韘❺
虽则佩觿　　虽则佩韘
能不我知❷　能不我甲❻
容兮遂兮❸　容兮遂兮
垂带悸兮❹　垂带悸兮

注释

❶觿（xī）：古人解结用的角锥，也用为佩饰。❷能：宁，乃。知：智。❸容、遂：闲暇自得的情态。❹悸：衣带飘动的样子。❺韘（shè）：俗称扳指，古人射箭时用以钩弦。❻甲：长，常用为第一的代称。

芃（wán）兰：今称萝藦（mó），嫩叶可食，枝叶果可入药，果实为纺锤形羊角状。

译文

芃兰枝条弯又弯，有个童子已佩觽。虽然身上已佩觽，智慧未能胜过我。大摇大摆很得意，束带垂垂风中吹。

芃兰树叶飘又飘，有个童子已戴决。虽然指上戴扳指，才能并未长于我。大摇大摆很得意，束带垂垂风中吹。

伯兮

写对出征丈夫的思念,既为丈夫骄傲,又为丈夫担忧。

伯兮朅兮
邦之桀兮
伯也执殳❶
为王前驱

其雨其雨
杲杲出日❺
愿言思伯❻
甘心首疾

自伯之东
首如飞蓬❷
岂无膏沐❸
谁适为容❹

焉得谖草
言树之背
愿言思伯
使我心痗❼

注释
❶殳(shū):古代兵器,长一丈二尺,竹质或木质。❷蓬:草名,枝叶易折,随风飞旋,故称"飞蓬"。❸膏:润头发的油膏。❹适:悦,乐意。❺杲杲(gǎo):明亮的样子。❻愿言:念念不忘的样子。❼痗(mèi):病。

谖草：今称萱草，花朵艳丽，观之可忘忧，故又称忘忧草，花蕾可食。

译文
夫君健壮又英勇，真是卫国的英雄。阿哥手上拿殳杖，为王打仗当先锋。自从夫君东行后，我的乱发如飞蓬。难道没有润发油？叫我为谁饰颜容！好想天天下大雨，偏偏天天大晴天。一心只想我夫君，哪怕想得脑袋疼！哪儿去找忘忧草？为我移到北堂栽。一心只想我夫君，使我心里受病害！

有狐

写一位女子看到一只孤零零的狐狸,想到心上人也是孤零零的。

有狐绥绥❶	有狐绥绥	有狐绥绥
在彼淇梁❷	在彼淇厉❹	在彼淇侧
心之忧矣	心之忧矣	心之忧矣
之子无裳❸	之子无带	之子无服

注释

❶绥(suí)绥:慢走貌。❷淇:卫国水名,在今河南省北部。❸之子:这个人。裳:古时男女皆穿。上曰衣,下曰裳。❹厉:深水可涉处,即渡口。

狐：俗称狐狸，栖息森林、半沙漠、丘陵等地带，常昼伏夜出。

译文
  狐狸在那慢慢走，在那淇水桥梁上。我的心里很忧愁，这人身上无裙裳。
  狐狸在那慢慢走，在那淇水渡口旁。我的心里很忧愁，这人无带自彷徨。
  狐狸在那慢慢走，在那淇水岸边望。我的心里很忧愁，这人竟然无衣裳。

木瓜

写礼物虽薄,情意深重;回礼虽厚,是为两情之好。

投我以木瓜❶　　投我以木桃　　投我以木李
报之以琼琚❷　　报之以琼瑶　　报之以琼玖
匪报也❸　　　　匪报也　　　　匪报也
永以为好也　　　永以为好也　　永以为好也

注释
❶投:赠给。❷琼琚:珍美的佩玉。❸匪:非,不是。

木瓜：又叫楙（míng）楂，与现在的木瓜不是同物种，果实芳香，古人用作空气清新剂，也可食用、入药。

译文
你将木瓜投赠我，我拿佩玉作回报。不是为了答谢你，永远相爱早成家。
你将木桃投赠我，我拿美玉作相酬。不是为了答谢你，相亲相爱永相好。
你将木李投赠我，我拿美石作回赠。不是为了答谢你，相亲相爱永相喜。

黍离

写一位东周大夫目睹西周旧都荒废，内心悲切。

彼黍离离❶
彼稷之苗❷
行迈靡靡❸
中心摇摇
知我者
谓我心忧
不知我者
谓我何求
悠悠苍天
此何人哉

彼黍离离
彼稷之穗
行迈靡靡
中心如醉
知我者
谓我心忧
不知我者
谓我何求
悠悠苍天
此何人哉

彼黍离离
彼稷之实
行迈靡靡
中心如噎
知我者
谓我心忧
不知我者
谓我何求
悠悠苍天
此何人哉

注释

❶黍：俗称黄米。离离：繁茂。❷稷：高粱。❸靡靡：迟缓的样子。

译文

那儿的黍子茂又繁，那儿的谷子刚发苗。走上旧地脚步缓，心神难定，愁怨难消。理解我的人说我是在发愁，不理解我的人说我别有所求。辽阔的苍天啊，这些都是什么人造成的啊？

那儿的黍子茂又繁，那儿的谷子已抽穗。走上旧地脚步缓，沉沉如醉，蹒跚欲倒。理解我的人说我是在发愁，不理解我的人说我别有所求。辽阔的苍天啊，这些都是什么人造成的啊？

那儿的黍子茂又繁，那儿的谷子已经熟。走上旧地脚步缓，喉头如噎，心中难熬。理解我的人说我是在发愁，不理解我的人说我别有所求。辽阔的苍天啊，这些都是什么人造成的啊？

大车

写少女的爱情誓词,若不能生而同室,便死而同穴。

大车槛槛[1]　　大车啍啍　　穀则异室[4]
毳衣如菼[2]　　毳衣如璊[3]　　死则同穴
岂不尔思　　　岂不尔思　　　谓予不信
畏子不敢　　　畏子不奔　　　有如皦日[5]

注释

[1] 槛(kǎn)槛:车行声。[2] 毳(cuì)衣:古代冕服。菼(tǎn):芦苇之绿。
[3] 璊(mén):赤玉。[4] 穀:生。[5] 皦(jiǎo):同"皎",明亮。

译文

大车槛槛行驶急,身着青白绣毛衣。难道我不思念你?怕你不敢来相逢。
大车缓慢又沉重,身穿毛衣色如璊。难道我不思念你?怕你私奔不敢动。
活着居室两不同,死后要埋一坟中。倘若说我话无凭证,青天白日可作证!

君子于役

写女子在黄昏时分思念服役的丈夫,忧心深重。

君子于役[1]　　君子于役
不知其期　　　不日不月[4]
曷至哉[2]　　　曷其有佸[5]
鸡栖于埘[3]　　鸡栖于桀[6]
日之夕矣　　　日之夕矣
羊牛下来　　　羊牛下括[7]
君子于役　　　君子于役
如之何勿思　　苟无饥渴[8]

注释

[1]君子:妻子对丈夫的敬称。[2]曷(hé):何。[3]埘(shí):挖墙成洞的鸡窝。[4]不日不月:无日无月,指没有归期。[5]佸(huó):相会。[6]桀:鸡栖的木架。[7]括:通"佸",指牛羊聚到一起。[8]苟:或许,也许。

鸡：家鸡由野生的原鸡驯化而来，在我国有3500年以上的驯化史。

译文

丈夫当兵去远方，不知归期心忧伤，不知到了啥地方？鸡儿回窠来过夜，太阳下山夜色降，牛儿羊儿下山岗。丈夫当兵去远方，怎不叫我把他想！

丈夫当兵去远方，日日月月别离长，不知何时聚一堂？鸡儿跳上木架歇，太阳下山夜色降，牛儿羊儿下山岗。丈夫当兵去远方，但愿没有饿肚肠。

中谷有蓷

写女子在被离弃后悲伤地感慨人生。

中谷有蓷①	中谷有蓷	中谷有蓷
暵其干矣②	暵其修矣⑤	暵其湿矣⑦
有女仳离③	有女仳离	有女仳离
嘅其叹矣④	条其啸矣⑥	啜其泣矣
嘅其叹矣	条其啸矣	啜其泣矣
遇人之艰难矣	遇人之不淑矣	何嗟及矣

注释
①蓷（tuī）：益母草。②暵（hàn）：干枯。③仳（pǐ）离：离散。④嘅：同"慨"，慨叹。⑤修：干枯。⑥条：深长。⑦湿：将要晒干的样子。

蓷：今称益母草，喜欢阳光，夏季时果实成熟，整株干枯，也叫夏枯草。

译文

山中一棵益母草，天旱不雨渐枯干。有个女子被遗弃，一声叹息一声号。一声叹息一声号，嫁人嫁得真糟糕！

山谷一棵益母草，天旱不雨渐枯槁。有个女子被遗弃，长长叹息声声叫。长长叹息声声叫，不幸嫁个负心人！

山谷一棵益母草，天旱不雨渐枯死。有个女子被遗弃，一阵抽泣双泪掉。一阵抽泣双泪掉，追悔莫及空自叹！

兔爰

写伤时感事、厌倦人生的情怀。

有兔爰爰❶ 有兔爰爰❻ 有兔爰爰
雉离于罗❷ 雉离于罦❻ 雉离于罿❽
我生之初 我生之初 我生之初
尚无为❸   尚无造❼   尚无庸❾
我生之后 我生之后 我生之后
逢此百罹❹ 逢此百忧 逢此百凶
尚寐无吪❺ 尚寐无觉 尚寐无聪❿

注释

❶爰（yuán）爰：悠闲自得的样子。❷离：同"罹"，遭。❸为：古与"䉛"通，徭役。❹百罹：犹百凶、百忧。❺吪（é）：动。❻罦（fú）：有机关的罗网。❼造：指劳役。❽罿（tōng）：捕鸟网。❾庸：用，劳苦。❿聪：听。

兔：家兔由欧洲穴兔驯化而来，周代之前传入我国，我国野生穴兔由早期家兔放养而成。

译文

那狡兔自由自在，山鸡落网惨凄凄。我幼年那个时光，还没这繁重的劳役奔忙。在我成年这岁月，百种忧患都遇齐，但愿长眠身不起！
那狡兔自由自在，山鸡落网悲戚戚。我幼年那个时光，还没这深重的劳役奔忙。在我成年这岁月，百种忧患都碰上，但愿长眠眼不张！
那狡兔自由自在，山鸡落网战栗栗。我幼年那个时光，还没这无穷劳苦奔忙。在我成年这岁月，凶险齐生不得安，但愿长眠听不见！

采葛

写对所爱之人的迫切相思。

彼采葛兮	彼采萧兮❶	彼采艾兮❸
一日不见	一日不见	一日不见
如三月兮	如三秋兮❷	如三岁兮

注释
❶萧:蒿类植物名,即艾蒿。 ❷秋:指三个月的时间。 ❸艾:艾草。

艾：艾草，嫩叶可食，全草可入药，香气浓郁，有抗菌作用，有消毒辟邪之俗。

译文
那个姑娘去采葛了啊，只是一天没见着她，就好像过了三个月啊。
那个姑娘去采萧了啊，只是一天没见着她，就好像过了三个季啊。
那个姑娘去采艾了啊，只是一天没见着她，就好像过了三个年头啊。

叔于田

写女子夸奖心上人样样都好过他人。

叔于田❶	叔于狩	叔适野
巷无居人	巷无饮酒	巷无服马
岂无居人	岂无饮酒	岂无服马
不如叔也	不如叔也	不如叔也
洵美且仁❷	洵美且好	洵美且武

注释

❶叔:此处指年轻的猎人。田:同"畋(tián)",打猎。❷洵(xún):诚然,的确。

译文

三哥打猎出了门,里巷空旷不见人。哪是真的没有人?没人能与三哥比,他真是漂亮又谦仁。

三哥出门去猎兽,里巷再没人喝酒。哪是真没人喝酒?没人能与三哥比,他真是漂亮又聪秀。

三哥打猎到郊野,里巷再没人骑马。哪是真没人骑马?没人能与三哥比,他真是英俊又勇武。

萚兮

写因节气变化、时光流逝而伤感,欲歌抒发。

萚兮萚兮①	萚兮萚兮
风其吹女②	风其漂女④
叔兮伯兮	叔兮伯兮
倡③予和女	倡予要女⑤

注释

①萚(tuò):草木脱落的叶和皮。②女:汝,指叶。③倡:同"唱"。一说倡导。④漂:通"飘"。⑤要(yāo):通"邀",约。

译文

树叶落地叶叶黄,风将吹你纷扬扬。阿弟阿哥大家来,你唱支歌我来和!
树叶落地叶叶黄,风将吹你飘荡荡。阿弟阿哥大家来,你唱支歌我来和!

将仲子

写恋爱中的女子遭到反对而心生畏惧。

将仲子兮❶	将仲子兮	将仲子兮
无逾我里❷	无逾我墙	无逾我园
无折我树杞	无折我树桑	无折我树檀
岂敢爱之❸	岂敢爱之	岂敢爱之
畏我父母	畏我诸兄	畏人之多言
仲可怀也	仲可怀也	仲可怀也
父母之言亦可畏也	诸兄之言亦可畏也	人之多言亦可畏也

注释

❶将（qiāng）：请。仲子：人名。一说，仲是兄弟排行中的第二个。子，男子的尊称。仲子，犹"二哥"。❷逾（yú）：跨越。❸爱：吝惜。

译文

请二哥啊，不要翻我家里巷墙，不要攀折我家的杞。哪是舍不得杞树啊？怕的是我爹和妈。二哥二哥真想你啊，爹妈责骂，心里有点怕呀。

请二哥啊，不要翻我家宅围墙，不要攀折我家的桑。哪是舍不得桑树啊？怕的是我众兄长。二哥二哥真想你啊，兄长发话，心里有点怕呀。

请二哥啊，不要翻我家菜园墙，不要攀折我家的檀。哪是舍不得檀树啊？怕的是人多嘴杂。二哥二哥真想你啊，人多嘴杂，心里有点怕呀。

遵大路

写女子拉着心上人的手,希望他不要离去。

遵大路兮　　　遵大路兮
掺执子之祛兮❶　掺执子之手兮
无我恶兮❷　　　无我魗兮❹
不寁故也❸　　　不寁好也

注释
❶掺(shǎn):执持,握持。祛(qū):袖口。❷无我恶:"无恶我"的倒装,即不要厌恶我。❸寁(zǎn):速,速离。❹魗(chǒu):同"丑"。

译文
顺着大路走啊,拉着你的袖啊!不要讨厌我啊,旧情不能一时断!
顺着大路走啊,拉着你的手!不要嫌我丑啊,旧好不能一时忘!

女曰鸡鸣

写年轻夫妇的清晨对话，亲爱和睦。

女曰鸡鸣　　弋言加之❸　　知子之来之❺
士曰昧旦❶　　与子宜之　　　杂佩以赠之
子兴视夜　　宜言饮酒　　　知子之顺之
明星有烂　　与子偕老　　　杂佩以问之❻
将翱将翔　　琴瑟在御❹　　知子之好之
弋凫与雁❷　　莫不静好　　　杂佩以报之

注释
❶昧旦：天将明未明之时。❷弋：带丝绳的箭。此用作动词。❸加：射中。
❹御：演奏。❺来：和顺意。❻问：赠送。

雁:今称豆雁、野鹅,与鸿雁不同,迁徙等习性类似。

译文

妻子说耳听鸡已鸣,丈夫说天色还没亮。你去看看天,启明星儿闪闪亮。宿巢鸟雀将翱翔,射野鸭儿也射雁。

野鸭大雁射下来,为你煮雁做美肴。做好美肴好下酒,白头到老百年好。你弹琴来我鼓瑟,安静和谐在一起。

知道你对我真关怀,送你杂佩答你爱。知道你对我体贴细,送你杂佩表谢意。知道你爱我是真情,送你杂佩表同心!

有女同车

赞美新娘仪容华贵,美丽善良。

有女同车　　有女同行
颜如舜华①　　颜如舜英
将翱将翔　　将翱将翔
佩玉琼琚　　佩玉将将④
彼美孟姜②　　彼美孟姜
洵美且都③　　德音不忘⑤

注释

①舜:通"蕣(shùn)"木槿。舜华:木槿花。②孟姜:姜姓长女,泛指美女。③都:娴雅,漂亮。④将将:同"锵锵",象声词,指佩玉相碰发出的声音。⑤德音:好声誉。

舜：今称木槿，花朵大而美。白木槿可煮粥、入药，嫩叶可为茶。

译文
姑娘和我同乘车，脸如木槿花开放。跑啊跑啊似在飞，美玉佩环身上挂。她是美丽的孟姜，确实漂亮又文雅。
姑娘和我同路行，脸像木槿红莹莹。跑啊跑啊似在飞，身上佩玉响叮当。她是美丽的孟姜，美好品德永不忘。

山有扶苏

写女子嘲戏男子配不上自己。

山有扶苏　　山有桥松
隰有荷华❶　隰有游龙❹
不见子都❷　不见子充
乃见狂且❸　乃见狡童

注释

❶隰(xí)：低洼湿地。扶苏：又作"枎苏"，就是枎木。一说扶苏即朴樕。❷子都：古代美男的名字。以下"子充"同。❸狂且(jū)：马狂者，比喻行为轻狂的人。❹游龙："龙"一作"茏"，草名，又名"荭"，即荭草。

荷华：荷花，又叫莲、水芙蓉等，可食可入药，花苞称为菡萏（hàn dàn）。

译文
高山上面有扶苏，水洼有那鲜荷花。不见子都美男子，遇见你这轻狂人。
高山上面有青松，水洼地里苀草花。不见子充美男子，遇见你这小狡童。

褰裳

女子戏谑男子的歌谣。

子惠思我　　　子惠思我
褰裳涉溱❶　　褰裳涉洧❷
子不我思　　　子不我思
岂无他人　　　岂无他士
狂童之狂也且　狂童之狂也且

注释

❶褰（qiān）：提起。溱（zhēn）：郑国水名。❷洧（wěi）：郑国水名。

译文

要是你爱我想念我，就提衣襟度溱来。你若不爱也不想，难道没有别人来爱我？你这个笨拙的傻家伙！

要是你爱我想念我，就提衣襟度洧来。你若不爱也不想，难道没有别人来疼我？你这个笨拙的傻家伙！

风雨

一说乱世中只有贤德君子能带来希望,一说夫妻久别重逢。

风雨凄凄　　风雨潇潇　　风雨如晦❹
鸡鸣喈喈❶　　鸡鸣胶胶❷　　鸡鸣不已
既见君子　　既见君子　　既见君子
云胡不夷　　云胡不瘳❸　　云胡不喜

注释
❶喈(jiē)喈:鸡呼唤同伴的叫声。❷胶胶:与"喈喈"同。❸瘳(chōu):病愈。❹晦:昏暗。

译文
风凄凄呀雨凄凄,喔喔鸡儿不住声。盼得亲人来到了,我心立刻就安宁!
风潇潇呀雨潇潇,听得鸡儿咯咯嚎。盼得亲人来到了,心头百病齐消除!
风雨交加天地昏,为啥鸡儿叫不停。盼得亲人来到了,怎么还会不高兴!

东门之墠

对唱歌谣。男子感慨女子虽近而远,女子希望男子不要光说不做。

东门之墠❶	东门之栗
茹藘在阪❷	有践家室❹
其室则迩❸	岂不尔思
其人甚远	子不我即

注释
❶墠(shàn):经过除草、整治的郊外土地。 ❷茹藘(rú lǘ):草名,即茜草。阪(bǎn):小山坡。 ❸迩:近。 ❹有践:同"践践",行列整齐的样子。

茹藘：今称茜草，根部可染红色，是古人常用染料。

译文

东门之外有广场，茜草沿着山坡长。他家离我近咫尺，人儿仿佛在天涯。东门外面一株栗，房屋栋栋排得齐。哪会对你不想念？你不找我为了啥！

子衿

写女子幽会,一边等待,一边嗔怪男子不用心。

青青子衿❶　　青青子佩　　挑兮达兮❸
悠悠我心　　悠悠我思　　在城阙兮❹
纵我不往　　纵我不往　　一日不见
子宁不嗣音❷　子宁不来　　如三月兮

注释
❶衿(jīn):衣领。青衿,古代学生穿的服装。❷嗣(sì):接续,继续。
❸挑、达:独自徘徊的样子。❹城阙:此指男女幽会的场所。

译文
衣服纯青的士子,我日夜都在思念你。我不能到你那里去,你怎不和我通消息?
佩玉纯青的士子,我日夜都在思念你。我不能到你那里去,你怎不到我这儿来?
我一人孤孤单单,在这城阁上独来往。我要是一天不见你,就像隔了仨月一样!

扬之水

写兄弟间不要因为他人谎言而疏远。

扬之水❶	扬之水
不流束楚❷	不流束薪
终鲜兄弟❸	终鲜兄弟
维予与女❹	维予二人
无信人之言	无信人之言
人实诳女	人实不信

注释

❶扬之水：慢流的水。❷楚：荆条。❸终：既，已。❹女（rǔ）：通"汝"，你。

译文

悠悠河水东流去，一束荆条漂不起。既没哥来又没弟，只有我和你相依。莫信别人的闲话，他们都在欺骗你。

悠悠河水东流去，一捆柴草漂不动。没有哥来没有弟，只有咱们两个人。莫信别人的闲话，他们实在不可信。

出其东门

写美丽女子虽多,自己只爱你一个。

出其东门　　出其闉闍❸
有女如云　　有女如荼❹
虽则如云　　虽则如荼
匪我思存❶　匪我思且❺
缟衣綦巾❷　缟衣茹藘
聊乐我员　　聊可与娱

注释

❶匪:通"非"。思:语助词。❷缟(gǎo):白色。綦(qí):苍绿色。❸闉(yīn):曲城,又叫"瓮城",城门外的护门小城。闍(dū):闉的门。❹荼(tú):草名。如荼,比喻众多。❺思且(jū):向往,思念。且,语气词。

译文

漫步走出城东门,姑娘好像一片彩云屯。好像一片彩云屯,都不是我的心上人。只有白衣青巾女,令我快乐爱在心。
漫步走出瓮城门,姑娘好像白茅遍地开。好像白茅遍地开,我的心里都不爱。只有白衣红巾女,让我喜爱又欢欣。

野有蔓草

写野外偶遇一位女子,内心十分快乐。

野有蔓草	野有蔓草
零露漙兮①	零露瀼瀼②
有美一人	有美一人
清扬婉兮	婉如清扬
邂逅相遇	邂逅相遇
适我愿兮	与之偕臧③

注释
①漙(tuán):形容露珠圆润。一说露水多貌。②瀼(ráng)瀼:露水盛多。
③臧(zāng):美,善。

译文
野地蔓草多又长,挂满露珠亮晶晶。有个人儿好漂亮,眉清目秀好模样。没有约会巧相逢,称心如意我真舒畅。
野地蔓草多又长,挂满露珠白茫茫。有个人儿好漂亮,眉清目秀多娇艳。没有约会巧相逢,我和你相爱心喜欢。

溱洧

写三月三上巳节习俗,男女青年于溱、洧两水之间,游玩而定情。

溱与洧❶	溱与洧
方涣涣兮❷	浏其清矣
士与女	士与女
方秉蕳兮❸	殷其盈矣
女曰观乎	女曰观乎
士曰既且❹	士曰既且
且往观乎	且往观乎
洧之外	洧之外
洵訏且乐❺	洵訏且乐
维士与女	维士与女
伊其相谑	伊其相谑
赠之以芍药	赠之以芍药

注释

❶溱洧(zhēn wěi):溱水和洧水,郑国的两条河名。❷涣涣:水流盛大的样子。❸蕳(jiān):古"兰"字。当地习俗,认为手持兰草可被除不祥。❹且:同"徂",前往。❺洵訏(xún xū):实在宽广。洵,实在。訏,大。

蕳：今称泽兰，叶微香，古人视为香草，比喻君子。全草可入药，古人用来沐浴，戴之辟邪。

译文

溱水悠悠，洧水悠悠，春来荡漾绿波。小伙子，大姑娘，人人手里兰花香。妹说："咱们去看看？"哥说："已经去一趟。""再去一趟也不妨！"洧河那边，地方宽敞人儿喜洋洋。小伙姑娘来春游，你说我笑心花放，送支芍药表情长。

溱水悠悠，洧水悠悠，春来绿波清澈。男也游，女也游，挤挤碰碰水边走。妹说："咱们去看看？"哥说："已经去一趟。""再走一趟好不好！"洧河那边，地方宽敞人儿乐陶陶。小伙姑娘来春游，你有说来我有笑，送支芍药毋相忘。

鸡鸣

一说贤妃劝国君早起勤政,一说妻子催促丈夫早起上朝,
一说幽会中的女子催促男子早点离开。

鸡既鸣矣	东方明矣	虫飞薨薨[1]
朝既盈矣	朝既昌矣	甘与子同梦
匪鸡则鸣	匪东方则明	会且归矣
苍蝇之声	月出之光	无庶予子憎[2]

注释

[1] 薨（hōng）薨：虫飞声，即"苍蝇之声"。[2] 庶：众，指参加朝会的卿大夫。

苍蝇：可传播疾病，但在生态系统中，蝇的幼虫是动植物分解者的重要角色，成虫也能为农作物授粉。

译文
你听鸡已经叫了，大夫都已赴早朝。那不是鸡在叫，那是苍蝇嗡嗡闹。
你看天已经亮了，大夫已经满朝堂。那不是早上的天光，那是明月发光芒。
虫子飞来响嗡嗡，甘愿与你同入梦。上朝大夫快散啦，但愿没说你坏话！

东方未明

写一位官员不能掌握好时间,连衣服都穿不好。

东方未明　　东方未晞[1]　　折柳樊圃
颠倒衣裳　　颠倒裳衣　　狂夫瞿瞿[2]
颠之倒之　　倒之颠之　　不能辰夜[3]
自公召之　　自公令之　　不夙则莫[4]

注释

[1]晞(xī):破晓。[2]狂夫:指公爷派来的监工。瞿(jù)瞿:瞪眼怒视的样子。[3]辰:通"晨",指白天。[4]莫:通"暮"。

柳：今称杨柳、垂柳，生命力强，插枝即活，古人常植于河边。

译文

东方没亮天尚黑，衣裤颠倒乱穿上。衣作裤来裤作衣，公爷召唤紧又急。
东方未晓天无光，衣裤颠倒乱穿起。裤作衣来衣作裤，公爷催急心慌忙。
编篱砍下柳树条，监工在旁瞪眼怒。黑夜白昼混不分，早出晚归真辛劳。

卢令

写一位有健壮之美的猎人。

卢令令❶　　　卢重环　　　卢重鋂❸
其人美且仁　　其人美且鬈❷　其人美且偲❹

注释
❶卢:黑色猎狗。令令:即"铃铃"响声。❷鬈(quán):本指头发好,引申为美好。一说通"拳",勇壮。❸重鋂(méi):大环套两个小环。❹偲(cāi):多才。

译文
黑色猎狗脖上铃响叮,猎人漂亮好心肠。
黑色猎狗颈上环套环,猎人漂亮又勇健。
黑色猎狗项圈套双环,猎人漂亮多才干。

载驱

写齐襄公不顾礼义,车服豪盛,奔驰大道,
与同父异母之妹文姜幽会。

载驱薄薄①	四骊济济④	汶水汤汤⑦	汶水滔滔
簟茀朱鞹②	垂辔濔濔⑤	行人彭彭⑧	行人儦儦⑨
鲁道有荡	鲁道有荡	鲁道有荡	鲁道有荡
齐子发夕③	齐子岂弟⑥	齐子翱翔	齐子游敖

注释
①薄薄:车行快速的声音。②簟(diàn):竹席。鞹(kuò):去毛的兽皮。
③发夕:天将亮、日未出的辰光。④骊:黑马。济济:美盛的样子。⑤濔(nǐ)
濔:众多的样子。⑥岂弟:开明。⑦汶水:水名,在今山东省境内。⑧彭
(bāng)彭:众多。⑨儦(biāo)儦:众多的样子。

译文
车儿走得啪啪响,竹帘低垂红皮蒙。鲁国大道平坦坦,文姜出发天快亮。
四匹黑马多漂亮,缰绳柔软上下晃。鲁国大道平坦坦,文姜出发天刚亮。
汶水日夜哗哗淌,行人纷纷驻足望。鲁国大道平坦坦,文姜在这儿游逛。
汶水滔滔向前流,行人纷纷驻足瞧。鲁国大道平坦坦,文姜在这儿游荡。

敝笱

写齐国公主文姜出嫁,随从众多,气派非凡。

敝笱在梁❶　　敝笱在梁　　敝笱在梁
其鱼鲂鳏❷　　其鱼鲂鱮❹　　其鱼唯唯❺
齐子归止❸　　齐子归止　　齐子归止
其从如云　　其从如雨　　其从如水

注释

❶笱(gǒu):竹制的捕鱼器具。梁:拦鱼的堤坝。❷鲂鳏(fáng guān):鳊鱼和鲲鱼。❸齐子:指文姜。❹鱮(xù):鲢鱼。❺唯唯:相随而行貌。

鳏：今称鲢鱼，水体中上层栖息，以植物为主食。

译文

破笱搁在鱼梁上，鳊鱼鲲鱼出又进。齐国姑娘要出嫁，随从人员多如云。
破笱搁在鱼梁上，鳊鱼鲢鱼来又去。齐国姑娘要出嫁，随从人员多如雨。
破笱搁在鱼梁上，鱼儿出入摆摆尾。齐国姑娘要出嫁，随从人员多如水。

著

写女子想象结婚时丈夫在不同地点以不同装饰迎接自己。

俟我于著乎而❶	俟我于庭乎而	俟我于堂乎而
充耳以素乎而❷	充耳以青乎而	充耳以黄乎而
尚之以琼华乎而❸	尚之以琼莹乎而	尚之以琼英乎而

注释

❶俟（sì）：等。著：古代正门内两侧屋之间。乎而：语尾助词。❷充耳：贵族冠冕两旁悬挂的玉，下垂至耳，塞耳蔽听。❸琼华：美玉。下文"琼莹、琼英"义同。

译文

新郎等我门屏间，冠边充耳白丝线，帽上宝石光闪闪！
新郎等我在院庭，冠边充耳丝线青，帽上宝石亮晶晶！
新郎等我在厅堂，冠边充耳丝线黄，帽上宝石真漂亮！

猗嗟

写一位贵族青年英俊善射。

猗嗟昌兮❶　猗嗟名兮❹　猗嗟娈兮❽
颀而长兮　　美目清兮　　清扬婉兮
抑若扬兮❷　仪既成兮　　舞则选兮❾
美目扬兮　　终日射侯❺　射则贯兮
巧趋跄兮❸　不出正兮❻　四矢反兮❿
射则臧兮　　展我甥兮❼　以御乱兮

注释

❶猗嗟：赞叹声。❷抑：连词，表转折。❸趋(cù)跄：步子有节奏。❹名：通"明"，昌盛。❺侯：箭靶。❻正：靶心。❼展：诚，真是。❽娈：壮美。❾选：齐，合节拍。❿反：复也，指箭射中一个点。

译文

啊呀，这人长得真正棒呀，身材高大而修长啊！脸蛋真漂亮啊，眼睛光亮亮啊！步履多矫键啊，射箭多熟练啊！

啊呀，这人长得多英俊呀，眼睛多明朗啊！仪式既经成啊，整天射那箭靶！射不出红心啊，是我好外甥啊！

啊呀，这人长得相貌端呀，眼睛光耀耀啊！舞姿多出色啊，射箭靶心穿呀！四箭中一点啊，有力抗外患啊！

葛屦

写一位缝衣女子给贵族女子缝制衣服的微妙想法。

纠纠葛屦❶　　好人提提❹
可以履霜　　　宛然左辟❺
掺掺女手❷　　佩其象揥❻
可以缝裳　　　维是褊心
要之襋之❸　　是以为刺
好人服之

注释

❶纠纠：纠结交错。葛屦（jù）：葛编的鞋。❷掺掺：形容女子的手很纤美。❸要（yāo）：腰，作动词。一说钮襻。襋（jí）：衣领，作动词。❹好人：指富家的女主人。提提：同"媞媞"，安舒貌。一说细腰貌，一说瞋目而视。❺辟（bì）：同"避"。❻揥（tì）：首饰。

译文

葛绳编鞋穿脚上，穿在脚上踩冰霜。纤美娇小女儿手，穿针引线缝衣裳。提腰携领抖平整，请出美人试新装。
美人细腰貌安适，宛然一转要避退。虽然头戴象牙钗，心窄爱耍小脾气，因而作诗讽刺她。

十亩之间

写一对男女桑林劳作后回家去。

十亩之间兮	十亩之外兮
桑者闲闲兮	桑者泄泄兮❶
行	行
与子还兮	与子逝兮❷

注释
❶泄（yì）泄：和乐的样子。一说多人之貌。❷逝：返。

译文
十亩青青桑树间，采桑人儿真悠闲。走吧，与你一起把家还！
十亩青青桑林坡，采桑人儿笑盈盈。走啊，与你携手返回村！

汾沮洳

写采桑采野菜的女子想着地位不高的心上人。

彼汾沮洳①	彼汾一方	彼汾一曲
言采其莫②	言采其桑	言采其藚⑥
彼其之子	彼其之子	彼其之子
美无度③	美如英	美如玉
美无度	美如英	美如玉
殊异乎公路④	殊异乎公行⑤	殊异乎公族⑦

注释

①汾：汾水，在今山西省。沮洳（jù rù）：水边低湿的地方。②莫（mù）：草名，俗称酸迷，又名羊蹄菜。③美无度：极言其美无比。④公路：官名，掌诸侯的路车。⑤公行（háng）：官名，掌诸侯的兵车。⑥藚（xù）：药用植物，即泽泻草。⑦公族：官名，掌诸侯的属车。

蒉：今称泽泻草，水边常见，秋天开白花，整株有毒，可入药。

译文
在那汾水低湿地，采来酸迷装筐里。瞧我那位意中人，美得简直没法讲。美得简直没法讲，公路哪能和他比。

在那汾水河流旁，采来桑叶装进筐。瞧我那位意中人，美得就像花一样。美得就像花一样，公行哪能比得上。

在那汾水弯弯处，采来泽泻多新鲜。瞧我那位意中人，就像美玉真漂亮。就像美玉真漂亮，公族将军也难比。

园有桃

写士不为人知，内心惆怅无奈。

园有桃	园有棘❻
其实之肴❶	其实之食
心之忧矣❷	心之忧矣
我歌且谣❸	聊以行国❼
不知我者	不知我者
谓我士也骄	谓我士也罔极❽
彼人是哉	彼人是哉
子曰何其❹	子曰何其
心之忧矣	心之忧矣
其谁知之	其谁知之
其谁知之	其谁知之
盖亦勿思❺	盖亦勿思

注释

❶之，犹"是"。❷之：犹"其"。❸歌、谣：曲合乐曰歌，徒歌曰谣，用作动词。❹其：作语助。❺盖（hé）：通"盍"，何不。亦：作语助。❻棘：酸枣树。❼行国：周游国中。❽罔极：无极，妄想，没有准则。

棘：今称酸枣、野枣，果实以安眠药功能被列为中药上品。

译文
园中有桃树，果实可以作佳肴。我的心中真郁闷，姑且放声把歌唱。有人对我不了解，说我书生太狂傲。"别人都是这样的，你在抱怨什么呢？"我的心中真忧闷呀，还有谁能了解我？还有谁能了解我，何必挂念苦思索！

园中有枣树，果实可以作吃食。我的心中真忧闷呀，姑且散步出城池。有人对我不了解，说我书生不知足。"别人都是这样的，你在抱怨什么呢？"我的心中真忧闷呀，还有谁能了解我？还有谁能了解我，何必挂念苦思索！

伐檀

写伐木人一边劳作一边责问那些不劳而获的人。

坎坎伐檀兮❶
寘之河之干兮❷
河水清且涟猗
不稼不穑
胡取禾三百廛兮❸
不狩不猎
胡瞻尔庭有县貆兮❹
彼君子兮
不素餐兮❺

坎坎伐辐兮❻
寘之河之侧兮
河水清且直猗
不稼不穑
胡取禾三百亿兮❼
不狩不猎
胡瞻尔庭有县特兮❽
彼君子兮
不素食兮

坎坎伐轮兮
寘之河之漘兮❾
河水清且沦猗❿
不稼不穑
胡取禾三百囷兮⓫
不狩不猎
胡瞻尔庭有县鹑兮
彼君子兮
不素飧兮⓬

注释
❶坎坎:伐木声。❷寘(zhì):同"置",放。干:岸。❸胡:为什么。三百:极言其多,非实数。廛(chán):通"缠",即捆。❹县:古"悬"字。貆(huān):猪獾。一说幼小的貉。❺素餐:白吃饭,不劳而获。❻辐:车轮上的辐条。❼亿:束。❽特:大兽。❾漘(chún):水边。❿沦:小波纹。⓫囷(qūn):束。一说圆形的谷仓。⓬飧(sūn):熟食,此泛指吃饭。

檀：青檀，也称摇钱树，茎皮纤维是我国宣纸的原材料。

译文

砍伐檀树声坎坎啊，棵棵放倒堆河边啊，河水清清微波转哟。不播种来不收割，为何三百捆禾往家搬啊？不冬狩来不夜猎，为何见你庭院猪獾悬啊？那些老爷公子们啊，可不是白白吃闲饭！

砍下檀树做车辐啊，放在河边堆一处啊，河水清清直流注哟。不播种来不收割，为何三百捆禾要独取啊？不冬狩来不夜猎，为何见你庭院兽悬柱？那些老爷公子们啊，可不是白白吃闲饭！

砍下檀树做车轮啊，棵棵放倒河边屯啊，河水清清起波纹。不播种来不收割，为何三百捆禾要独吞啊？不冬狩来不夜猎，为何见你庭院挂鹌鹑啊？那些老爷公子们啊，可不是白白吃闲饭！

硕鼠

写魏国人怨恨国君横征暴敛、贪婪如鼠。

硕鼠硕鼠❶
无食我黍❷
三岁贯女❸
莫我肯顾
逝将去女❹
适彼乐土
乐土乐土
爰得我所❺

硕鼠硕鼠
无食我麦
三岁贯女
莫我肯德❻
逝将去女
适彼乐国
乐国乐国
爰得我直❼

硕鼠硕鼠
无食我苗
三岁贯女
莫我肯劳
逝将去女
适彼乐郊
乐郊乐郊
谁之永号❽

注释

❶硕鼠：大老鼠。一说田鼠。❷黍：黄米。❸三岁：多年。贯：借作"宦"，侍奉。女：通"汝"。❹逝：通"誓"。❺爰：于是，在此。❻德：恩惠。❼直：报酬。❽永号：长叹。

译文

大田鼠呀大田鼠，不许吃我种的黍！这么多年把你喂，我的死活你不顾。发誓定要摆脱你，去那安逸的乐土。那乐土啊那乐土，才是我的栖身处！

大田鼠呀大田鼠，不许吃我种的麦！伺候你这么多年，你却对我不感激。发誓定要摆脱你，去那安逸的乐国。那乐国啊那乐国，才是我的栖身所！

大田鼠呀大田鼠，不许吃我种的苗！多年辛劳养活你，你却对我不慰劳！发誓定要摆脱你，去那安逸的乐郊。那乐郊啊那乐郊，谁还悲叹长呼号？

绸缪

写偶然得到意中人的欣喜。

绸缪束薪❶　　绸缪束刍❺　　绸缪束楚❼
三星在天❷　　三星在隅❻　　三星在户
今夕何夕　　　今夕何夕　　　今夕何夕
见此良人❸　　见此邂逅　　　见此粲者❽
子兮子兮❹　　子兮子兮　　　子兮子兮
如此良人何　　如此邂逅何　　如此粲者何

注释
❶束薪：捆扎的柴草，喻夫妇同心。❷三星：天上明亮而接近的三星。❸良人：新郎。❹子兮：你呀。❺刍（chú）：喂牲口的青草。❻隅：指东南角。❼楚：荆条。❽粲（càn）者：新娘。

译文
一把柴火扎得紧，天上三星亮晶晶。今夜是哪夜？见着我的好人。你啊你啊，将这好人怎样亲？
一捆牧草扎得多，东南三星正闪烁。今夜是哪夜？心爱人儿见着。你啊你啊，拿这良辰怎么过？
一束荆条紧紧捆，天边三星照在门。今夜是哪夜？和这美人相见。你啊你啊，将这美人怎样疼？

蟋蟀

感伤时光如流，告诫自己适当享乐，不要过度。

蟋蟀在堂
岁聿其莫❶
今我不乐
日月其除❷
无已大康❸
职思其居❹
好乐无荒❺
良士瞿瞿❻

蟋蟀在堂
岁聿其逝❼
今我不乐
日月其迈
无已大康
职思其外
好乐无荒
良士蹶蹶❽

蟋蟀在堂
役车其休❾
今我不乐
日月其慆❿
无已大康
职思其忧
好乐无荒
良士休休⓫

注释

❶聿（yù）：作语助。莫：古"暮"字。❷除：去。❸已：甚。大（tài）康：即泰康，过于享乐。❹职：职事。❺无荒：不要过度。❻瞿（jù）瞿：警惕瞻顾貌。一说敛也。❼逝、迈：义同，去。❽蹶（guì）蹶：勤奋状。❾役车：服役出差的车子。❿慆（tāo）：逝去。⓫休休：安闲自得的样子。

蟋蟀：又叫蛐蛐、促织、夜鸣虫等，雄虫孤僻，成虫能活150天左右。

译文

蟋蟀搬进屋里，一年临岁暮。如今再不行乐，时光去不返。不可过分安逸，本职得承担。行乐不能荒正业，贤士当防范。

蟋蟀搬进屋里，一年将过去。如今再不行乐，时光去不留。不可过分安逸，其他得兼求。行乐不能荒正业，贤士该奋斗。

蟋蟀搬进屋里，役车将休整。如今再不行乐，时光追不上。不可过分安逸，多将忧患想。行乐不能荒正业，贤士乐悠悠。

椒聊

一说赞美某人势力豪盛，一说祝福女子多子多福。

椒聊之实❶　　椒聊之实
蕃衍盈升❷　　蕃衍盈匊❻
彼其之子　　　彼其之子
硕大无朋❸　　硕大且笃❼
椒聊且❹　　　椒聊且
远条且❺　　　远条且

注释
❶椒：花椒，又名山椒。聊：语助词。❷蕃衍：生长众多。❸朋：比。❹且（jū）：语末助词。❺远条：指香气远扬。一说长长的枝条。❻匊（jū）："掬"的古字，两手合捧。❼笃：形容人体丰满高大。

椒：今称花椒，调味香料，因辛香多子被赋予美好寓意，古人以"椒房"指皇后。

译文
花椒籽儿生树上，繁多得超过一升。她那个人儿呀，高大与众不同。愿她像一串串花椒呀，香味远远飘扬。

花椒籽儿生树上，繁多得超过一捧。她那个人儿呀，体态粗壮厚重。愿她像一串串花椒呀，香味远远飘扬。

鸨羽

讽刺没完没了的徭役,悲伤父母不能照顾。

肃肃鸨羽❶	肃肃鸨翼	肃肃鸨行
集于苞栩❷	集于苞棘	集于苞桑
王事靡盬❸	王事靡盬	王事靡盬
不能蓺稷黍❹	不能蓺黍稷	不能蓺稻粱
父母何怙❺	父母何食	父母何尝
悠悠苍天	悠悠苍天	悠悠苍天
曷其有所❻	曷其有极	曷其有常

注释
❶肃肃:鸟翅扇动的响声。鸨(bǎo):鸟名。❷苞栩:丛密的柞树。苞,草木丛生;栩,柞树。❸盬(gǔ):休止。❹蓺(yì):种植。稷:高粱。黍:黍子,黄米。❺怙(hù):依靠,凭恃。❻曷:何时。

鸨：有大鸨、小鸨，诗中为大鸨，胆小，善跑，不善高飞。

译文

大鸨簌簌振翅响，落在丛生柞树上。周王差事做不完，不能去种稷黍粮。靠谁养活我爹娘？遥远的苍天，何时才能回家乡？

大鸨簌簌翅儿颤，落在丛生枣树上。周王差事做不完，不能去种黍稷粮。赡养父母哪有粮？遥远的苍天，做到何时才收场？

大鸨簌簌飞成行，落在丛生桑树上。周王差事做不完，不能去种稻稷粮。用啥去给父母尝？遥远的苍天，生活何时能正常？

葛生

写悼念所爱之人。

葛生蒙楚❶
蔹蔓于野❷
予美亡此❸
谁与
独处

角枕粲兮❺
锦衾烂兮
予美亡此
谁与
独旦

冬之夜
夏之日
百岁之后
归于其室

葛生蒙棘
蔹蔓于域❹
予美亡此
谁与
独息

夏之日
冬之夜
百岁之后
归于其居

注释

❶楚：灌木名，即牡荆。❷蔹（liǎn）：攀缘性多年生草本植物。❸予美：我的爱人。❹域：坟地。❺角枕：牛角做的或牛角作装饰的枕头。粲：同"灿"。

蔹：今称乌蔹莓，果实为白色的叫白蔹。

译文
葛藤生长覆荆树，蔹草蔓生在野外。我爱的人葬这里，谁人与之相伴？独自在那旷野住。
葛藤生长覆丛棘，蔹草爬满坟园地。我爱的人葬这里，谁人与之相伴？独自在那野地息。
牛角枕头光灿烂，锦绣被子色斑斓。我爱的人葬这里，谁人与之相伴？独自一人到天亮。
夏季炎炎日头长，冬季黑夜长漫漫。百年以后，与你相会在墓中！
冬季黑夜长漫漫，夏季炎炎日头长。百年以后，与你相会在墓室！

蒹葭

写对喜爱之人的思慕之情。

蒹葭苍苍
白露为霜
所谓伊人❶
在水一方
溯洄从之
道阻且长
溯游从之
宛在水中央

蒹葭萋萋
白露未晞❷
所谓伊人
在水之湄❸
溯洄从之
道阻且跻❹
溯游从之
宛在水中坻❺

蒹葭采采
白露未已
所谓伊人
在水之涘❻
溯洄从之
道阻且右
溯游从之
宛在水中沚❼

注释
❶伊人：那个人，指所思慕的对象。❷晞（xī）：干。❸湄（méi）：岸边。
❹跻（jī）：地势渐高。❺坻（chí）：水中高地。❻涘（sì）：水边。❼沚（zhǐ）：水中的小块陆地。

葭：今称芦苇，初生时叫葭，嫩芽可食，茎可织席，秆可为柴，花絮可制扫帚。

译文

河边芦苇青苍苍，清早露水变成霜。心上人儿在何处？就在河水那一方。逆着流水去找她，道路险阻又太长。顺着流水去找她，仿佛在那水中央。

河边芦苇密又繁，露水珠儿尚未干。心上人儿在何处？就在河岸那一边。逆着流水去找她，道路险阻攀登难。顺着流水去找她，仿佛就在水中滩。

河边芦苇密稠稠，太阳不出露水新。心上人儿在何处？就在水边那一头。逆着流水去找她，道路险阻曲难求。顺着流水去找她，仿佛就在水中洲。

黄鸟

写贤人奄息、仲行、鍼虎被迫为秦穆公陪葬，充满愤慨和悲伤。

交交黄鸟①
止于棘②
谁从穆公
子车奄息③
维此奄息
百夫之特④
临其穴
惴惴其栗
彼苍者天
歼我良人
如可赎兮
人百其身

交交黄鸟
止于桑
谁从穆公
子车仲行
维此仲行
百夫之防
临其穴
惴惴其栗
彼苍者天
歼我良人
如可赎兮
人百其身

交交黄鸟
止于楚⑤
谁从穆公
子车鍼虎
维此鍼虎
百夫之御
临其穴
惴惴其栗
彼苍者天
歼我良人
如可赎兮
人百其身

注释

①交交：鸟鸣声。②棘：酸枣树。一说"棘"指紧急，下文"桑"指悲伤，"楚"指痛楚，均是双关意。③子车：复姓。奄息：人名。下文"子车仲行、子车鍼（zhēn）虎"同此。④特：杰出的人材。⑤楚：荆树。

黄鸟：黄雀、金雀、芦花黄雀，性活泼，飞行快，叫声清脆。

译文

黄鸟飞来叫不停，枣树枝上停下来。啥人殉葬从穆公？子车奄息命运乖。只有这个奄息，百夫之中一俊才。走近了他的坟墓，忍不住浑身哆嗦。苍天啊苍天，坑杀好人该不该！如若可赎这条命，百人甘愿赴泉台。

黄鸟飞来叫不停，桑树枝上歇下来。啥人殉葬伴穆公？子车仲行遭祸灾。只有这个仲行，百夫之中一干才。走近了他的坟墓，忍不住浑身哆嗦。苍天啊苍天，坑杀好人该不该！如若可赎这条命，百人甘愿化尘埃。

黄鸟飞来叫不停，荆树枝上落下来。啥人殉葬陪穆公？子车鍼虎遭残害。只有这个鍼虎，百夫之中辅弼才。走近了他的坟墓，忍不住浑身哆嗦。苍天啊苍天，坑杀好人该不该！如若可赎这条命，百人甘愿来抵偿。

晨风

写思念一位"君子",但"君子"似乎已忘了自己。

鴥彼晨风❶　　山有苞栎❸　　山有苞棣❺
郁彼北林　　　隰有六驳❹　　隰有树檖❻
未见君子　　　未见君子　　　未见君子
忧心钦钦❷　　忧心靡乐　　　忧心如醉
如何如何　　　如何如何　　　如何如何
忘我实多　　　忘我实多　　　忘我实多

注释

❶鴥(yù):鸟疾飞的样子。晨风:鸟名,即鹯(zhān)鸟,属鹞鹰类。❷钦钦:忧而不忘之貌。❸苞:丛生的样子。❹隰(xí):低洼湿地。六驳(bó):木名,又叫赤李。❺棣(dì):唐棣。❻树:直立的样子。檖(suì):山梨。

檖:今称山梨、豆梨、赤梨,果实似梨而小,可食。

译文
鹝鸟如箭疾飞行,北林树长得茂密。好久未见我夫君,忧心忡忡情难平。怎么办呵怎么办?难道他已把我忘!
山坡栎树满山冈,赤李树长在低处。好久未见我夫君,忧心忡忡难快乐。怎么办呵怎么办?难道他已把我忘!
山坡长满那唐棣,山梨儿洼地挺生。好久未见我夫君,忧心忡忡似醉迷。怎么办呵怎么办?难道他已把我忘!

无衣

写将士慷慨从军、同仇敌忾、患难与共的情怀。

岂曰无衣
与子同袍
王于兴师❶
修我戈矛
与子同仇

岂曰无衣
与子同泽❷
王于兴师
修我矛戟
与子偕作❸

岂曰无衣
与子同裳❹
王于兴师
修我甲兵
与子偕行

注释
❶王：指周天子。一说指秦君。❷泽：通"襗"，内衣，如今之汗衫。❸作：起。❹裳：下衣，此指战裙。

译文
谁说我没有军衣？与你同穿那长袍。国王兴兵去打仗，修整我那戈与矛，杀敌与你同目标。
谁说我没有军衣？与你同穿那汗衫。国王兴兵去打仗，修整我那矛与戟，并肩携手齐向前。
谁说我没有军衣？与你同穿那战裙。国王兴兵去打仗，修整甲胄与刀兵，同心协力来杀敌。

渭阳

写晋文公从秦国返回晋国,秦康公(时为太子)送行。

我送舅氏	我送舅氏
曰至渭阳①	悠悠我思
何以赠之	何以赠之
路车乘黄②	琼瑰玉佩

注释
①曰:发语词。阳:水之北曰阳。②路车:诸侯之车。乘(shèng)黄:四匹黄马。

译文
我送舅舅回家乡,转眼来到渭之阳。将啥礼物赠予他?一辆大车四黄马。
我送舅舅回家乡,思绪悠悠想娘亲。将啥礼物赠予他?美玉饰品身上挂。

权舆

写一个人从富变穷的伤感。

於
我乎❶
夏屋渠渠❷
今也每食无余
於嗟乎
不承权舆❸

於
我乎
每食四簋❹
今也每食不饱
於嗟乎
不承权舆

注释
❶於：叹词。❷夏屋：大的食器。渠渠：丰盛。一说深广貌。❸承：继承。权舆：本义为草木初发，引申为起始。❹簋（guǐ）：青铜或陶制圆形食器。

译文
唉，我呀！曾是鼎食佳肴进腹里，如今每顿吃完没剩余。唉呀呀！再也无法比当初！

唉，我呀！曾是每顿饭菜四大碗，如今每顿肚子填不满。唉呀呀！再也不比当初好！

宛丘

一说讽刺统治者放荡游乐，一说赞美女巫翩翩起舞。

子之汤兮❶	坎其击鼓❹	坎其击缶
宛丘之上兮❷	宛丘之下	宛丘之道
洵有情兮❸	无冬无夏	无冬无夏
而无望兮	值其鹭羽❺	值其鹭翿❻

注释

❶汤（dàng）："荡"之借字，这里指舞动的样子。❷宛丘：四周高中间低的土地。❸洵：确实，实在是。❹坎：击鼓声。❺值：持。❻翿（dào）：伞形舞蹈道具。

译文

姑娘啊轻摇慢舞，在宛丘山坡之上。心里实在爱恋她，却不敢存有奢望。
响咚咚皮鼓谁敲，宛丘下欢舞翩然。不管寒冬与炎夏，持鹭羽舞姿美艳。
敲打起瓦盆当当，欢舞在宛丘道上。不管寒冬与炎夏，持鹭羽舞姿漂亮。

东门之枌

一说陈国人不好劳作只好游乐,一说社祭活动上表演民俗歌舞。

东门之枌❶	榖旦于差❹	榖旦于逝
宛丘之栩❷	南方之原❺	越以鬷迈❼
子仲之子❸	不绩其麻❻	视尔如荍❽
婆娑其下	市也婆娑	贻我握椒

注释

❶枌(fén):白榆树。❷栩(xǔ):柞树。❸子仲:陈国的姓氏。❹榖(gǔ):善。"榖旦"即吉利日子。差(chāi):选择。❺南方之原:到城南的高平地去相会。❻绩:把麻搓成线。❼越以:作语助。鬷(zōng):古通"总",聚集。❽荍(qiáo):锦葵。

荍：今称锦葵，嫩叶可食，但微苦，花叶可入药。

译文

东门白榆长路旁，宛丘种的是柞树。子仲家中好姑娘，大树底下盘施舞。
良辰美景正当时，同到城南高平地。搁下手中纺的麻，闹市上来舞一场。
良辰佳会总前往，屡次前往已相熟。看你美如荆葵花，送我花椒一大把。

衡门

写隐者安贫乐道。

衡门之下❶　岂其食鱼　岂其食鱼
可以栖迟　必河之鲂　必河之鲤
泌之洋洋❷　岂其取妻　岂其取妻
可以乐饥　必齐之姜❸　必宋之子❹

注释

❶衡门:衡,通"横"。横木为门,指简陋房屋。❷泌(bì):同"密",为幽约之地,在山边曰密,在水边曰泌。❸齐之姜:齐国姜姓美女。❹宋之子:宋国子姓女子。

译文

支起横木就算门,可以栖身可以住。洋洋流淌泌水边,清水填肠也饱人。
难道想要吃鲜鱼,定要吃黄河鳊鱼?难道想要娶妻子,必得齐姜才开颜?
难道想要吃鲜鱼,定要吃黄河鲤鱼?难道想要娶妻子,必得宋子才欢愉?

月出

写自己看着月光下的美人内心忧伤。

月出皎兮	月出皓兮	月出照兮
佼人僚兮❶	佼人懰兮❹	佼人燎兮❻
舒窈纠兮❷	舒忧受兮	舒夭绍兮
劳心悄兮❸	劳心慅兮❺	劳心惨兮❼

注释

❶佼（jiǎo）：美好。僚（liáo）：同"嫽（liáo）"，娇美。❷窈纠：形容女子行走时体态优美。❸悄：忧愁状。❹懰（liǔ）：美好。❺慅（cǎo）：忧愁，心神不安。❻燎：明也。一说姣美。❼惨：当为"懆（cǎo）"，忧虑不安。

译文

月儿出来多皎洁，你在月下真娇美。你娴雅苗条的倩影，牵动我深情的愁肠。
月儿出来多素净，你在月下真妩媚。你娴雅婀娜的倩影，牵动我纷乱的愁肠。
月儿出来多明朗，你在月下真漂亮。你娴雅轻盈的倩影，牵动我焦盼的愁肠。

东门之池

写劳作者想象着能与美丽贤淑女子唱歌说话。

东门之池❶　　东门之池　　东门之池
可以沤麻　　　可以沤纻❸　　可以沤菅❹
彼美淑姬　　　彼美淑姬　　　彼美淑姬
可与晤歌❷　　可与晤语　　　可与晤言

注释

❶池:护城河。❷晤歌:即对歌。❸纻(zhù):同"苎",苎麻,多年生草本植物,可做绳织布。❹菅(jiān):菅草,可做索。

纻：今称苎麻，我国用于织布、编绳已有5000年历史，被欧美称为"中国丝草"。

译文

东门外有护城河，河水可以泡麻葛。那个美善的姑娘，与她相会来对歌。
东门外有护城河，河水可以泡苎麻。那个美善的姑娘，与她倾谈情相和。
东门外有护城河，河水可以泡菅草。那个美善的姑娘，与她叙话真快活。

东门之杨

写黄昏之约没能实现。

东门之杨　　东门之杨
其叶牂牂❶　其叶肺肺❸
昏以为期　　昏以为期
明星煌煌❷　明星晢晢❹

注释

❶牂（zāng）牂：风吹树叶的响声。一说茂盛貌。❷明星：启明星，晨见东方。煌煌：明亮的样子。❸肺（pèi）肺：茂盛的样子。❹晢（zhé）晢：同"煌煌"。

杨:当为白杨。

译文
东门之外有白杨,叶儿拍拍响声轻。约在黄昏会面呵,直等到明星灿烂。
东门之外有白杨,树叶茂盛又浓密。约在黄昏会面呵,直等到明星东上。

泽陂

写女子思慕一位男子,却难以接近。

彼泽之陂❶　　彼泽之陂　　彼泽之陂
有蒲与荷　　有蒲与蕑❷　　有蒲菡萏
有美一人　　有美一人　　有美一人
伤如之何　　硕大且卷　　硕大且俨
寤寐无为　　寤寐无为　　寤寐无为
涕泗滂沱　　中心悁悁❸　　辗转伏枕

注释
❶泽陂(bēi):池塘堤岸。❷蕑(jiān):兰草。❸悁悁(yuān):忧伤愁闷的样子。

蒲：今称水烛、香蒲、蒲草，嫩茎和草芽可食，花粉可入药，蒲绒可充枕头，茎叶可造纸。

译文
那个池塘堤岸旁，既长蒲草又长荷。那里有个美男子，使我想得没奈何。睡觉总是不安宁，心情激动泪涕多。
那个池塘堤岸旁，既长蒲草又长兰。那里有个美男子，高大壮实头发鬈。睡觉总是不安宁，心中愁闷总想他。
那个池塘堤岸旁，既长蒲草又长莲。那里有个美男子，高大壮实很威严。睡觉总是不安宁，枕上翻覆难安眠。

羔裘

写女子迷恋一位在公在私都气派高贵的人。

羔裘逍遥❶　羔裘翱翔　羔裘如膏❸
狐裘以朝　　狐裘在堂　日出有曜❹
岂不尔思　　岂不尔思　岂不尔思
劳心忉忉❷　我心忧伤　中心是悼❺

注释

❶羔裘：以羊羔皮制成的皮衣。❷忉（dāo）忉：忧愁状。❸膏（gào）：动词，涂上油。❹曜（yào）：照耀。❺悼：悲伤。

译文

穿着羔裘好逍遥，穿着狐裘去上朝。怎不叫人费思虑？忧心忡忡把心操。
穿着羔裘去游逛，穿着狐裘去庭堂。怎不叫人费思虑？想起国家心忧伤。
羊羔皮袄油光光，太阳一照金光闪。怎不叫人费思虑？心事沉沉无法忘。

素冠

写自己对一个戴孝的人进行安慰。

庶见素冠兮❶	庶见素衣兮	庶见素韠兮❹
棘人栾栾兮❷	我心伤悲兮	我心蕴结兮
劳心慱慱兮❸	聊与子同归兮	聊与子如一兮

注释
❶庶:希望之辞。❷棘人:居丧的人。棘,执囚之处。一说瘦。栾(luán)栾:身体瘦瘠貌。❸慱(tuán)慱:忧苦不安。❹韠(bì):蔽膝,古代官服装饰,缝在腹下膝上。

译文
见那人戴着白帽,瘦骨伶仃容颜变,满心忧虑又烦恼。
见那人穿着白衣,心中忧伤苦难言,愿与你一同归天。
见那人穿白蔽膝,愁肠百结心抑郁,愿和你共结同心。

匪风

写思乡者期望大道上的人捎信给亲人。

匪风发兮① 　匪风飘兮　　谁能亨鱼⑦
匪车偈兮② 　匪车嘌兮⑤　溉之釜鬵⑧
顾瞻周道③ 　顾瞻周道　　谁将西归
中心怛兮④ 　中心吊兮⑥　怀之好音

注释

①匪：通"彼"。发：风吹声。②偈（jié）：疾驰。③周道：大道。④怛（dá）：痛苦，悲伤。⑤嘌（piāo）：轻快貌。⑥吊：悲伤。⑦亨：通"烹"。⑧釜：锅。鬵（qín）：大锅。

鱼:鲤鱼,水体下层栖息,杂食性,耐寒,耐碱,耐缺氧。

译文
风儿刮得呼呼响,车儿急驰尘飞扬。回头瞧瞧那大道,令我心中很悲伤。
风儿刮起直打旋,车儿飞驰如掣电。回头瞧瞧那大道,令我心中很凄惨。
有谁将要煮鱼尝?请借锅子多帮忙。有谁将要回西方?托他带信报平安。

隰有苌楚

写活着很烦恼,还不如一棵树。

隰有苌楚❶	隰有苌楚	隰有苌楚
猗傩其枝❷	猗傩其华	猗傩其实
夭之沃沃❸	夭之沃沃	夭之沃沃
乐子之无知	乐子之无家	乐子之无室

注释
❶隰(xí):低湿的地方。苌(cháng)楚:藤科植物,今称羊桃,又称猕猴桃。❷猗傩(ē nuó):同"婀娜",柔美的样子。❸夭:少,此指幼嫩。沃沃:润泽的样子。

译文
洼地有羊桃,枝条柔美随风摇。柔嫩又光润,羡慕你无知无烦恼!
洼地有羊桃,花儿鲜艳春光好。柔嫩又光润,羡慕你无家真逍遥!
洼地有羊桃,果实累累真漂亮。柔嫩又光润,羡慕你无妻无家小!

候人

一说讽刺曹共公任用小人,一说少女调笑心上人。

彼候人兮❶　　维鹈在梁　　维鹈在梁　　荟兮蔚兮❻
何戈与祋❷　　不濡其翼　　不濡其咮❹　　南山朝隮❼
彼其之子　　彼其之子　　彼其之子　　婉兮娈兮❽
三百赤芾❸　　不称其服　　不遂其媾❺　　季女斯饥❾

注释

❶候人:官名,看守边境、迎送宾客、治理道路、掌管禁令的小官。❷何:通"荷",扛着。祋(duì):武器。❸赤芾(fú):红色的祭祀服饰。❹咮(zhòu):禽鸟的喙。❺媾(gòu):宠爱。❻荟(huì)、蔚:云雾弥漫的样子。❼隮(jī):虹。❽婉、娈(luán):柔顺美好的样子。❾季女:少女。

译文

那位候人小官哪,荷着戈扛着祋。那些闲散的官僚哪,大红蔽膝三百人。
鹈鹕停在鱼梁上,翅膀干干滴水不沾身。那些闲散的官僚哪,不配所穿衣服。
鹈鹕停在鱼梁上,尖嘴干干的不沾滴水。那些闲散的官僚哪,不配高官厚禄。
云雾弥漫啊,南山早上起彩虹。娇小可爱候人女,没有饭吃饿肚肠。

蜉蝣

写蜉蝣生命短暂而美,人也如是。

蜉蝣之羽❶	蜉蝣之翼	蜉蝣掘阅❺
衣裳楚楚❷	采采衣服❹	麻衣如雪
心之忧矣	心之忧矣	心之忧矣
於我归处❸	於我归息	於我归说

注释

❶蜉蝣(fú yóu):昆虫,寿命只有几个小时到一天左右。 ❷楚楚:鲜明貌。 ❸於:何处。 ❹采采:光洁鲜艳状。 ❺掘阅:挖穴而出。阅:通"穴"。

蜉蝣：幼虫栖息水中，三年蜕化为成虫，交配后死去，生命最短只一天，朝生暮死。

译文
蜉蝣的羽毛，像穿着衣裳鲜明楚楚。朝生暮死多忧伤，我将如何寻归宿。
蜉蝣的羽毛，像穿着衣衫修饰华丽。朝生暮死多忧伤，我的归宿栖何处。
蜉蝣掘洞飞，像穿着礼服洁白如雪。朝生暮死多忧伤，我在何处寻归宿。

七月

现存最早的农事诗,写农人一年的劳作生活。

七月流火❶
九月授衣❷
一之日觱发❸
二之日栗烈❹
无衣无褐
何以卒岁
三之日于耜
四之日举趾
同我妇子
馌彼南亩❺
田畯至喜❻

七月流火
九月授衣
春日载阳
有鸣仓庚❼
女执懿筐❽
遵彼微行❾
爰求柔桑
春日迟迟
采蘩祁祁❿
女心伤悲
殆及公子同归

七月流火
八月萑苇⓫
蚕月条桑⓬
取彼斧斨⓭
以伐远扬
猗彼女桑⓮
七月鸣鵙⓯
八月载绩
载玄载黄
我朱孔阳⓰
为公子裳

四月秀葽⓱
五月鸣蜩⓲
八月其获
十月陨萚⓳
一之日于貉⓴
取彼狐狸
为公子裘
二之日其同
载缵武功㉑
言私其豵㉒
献豜于公㉓

五月斯螽动股㉔
六月莎鸡振羽㉕
七月在野
八月在宇
九月在户
十月蟋蟀入我床下
穹窒熏鼠㉖
塞向墐户
嗟我妇子
曰为改岁
入此室处

六月食郁及薁
七月亨葵及菽
八月剥枣
十月获稻
为此春酒
以介眉寿
七月食瓜
八月断壶㉗
九月叔苴㉘
采茶薪樗㉙
食我农夫

九月筑场圃
十月纳禾稼
黍稷重穋㉚
禾麻菽麦
嗟我农夫
我稼既同
上入执宫功㉛
昼尔于茅
宵尔索绹㉜
亟其乘屋㉝
其始播百谷

二之日凿冰冲冲㉞
三之日纳于凌阴㉟
四之日其蚤㊱
献羔祭韭
九月肃霜
十月涤场
朋酒斯飨㊲
曰杀羔羊
跻彼公堂
称彼兕觥㊳
万寿无疆

蘡:今称蘡(yīng)薁、山葡萄等,果实比葡萄小。

注释

①流:向下行。火:星名,七月以后偏西向下,所以称"流火"。②授衣:把裁制冬衣的差事分配妇女。③觱(bì)发:寒风触物发出的声响。④栗烈:凛冽、寒冷貌。⑤馌(yè):送饭。⑥田畯(jùn):为领主监工的农官。⑦仓庚:黄莺。⑧懿(yì)筐:深深的筐子。⑨微行(háng):小路。⑩蘩(fán):白蒿。祁(qí)祁:形容采蘩妇女众多的样子。⑪萑(huán)苇:芦苇。⑫条桑:修剪桑枝。⑬斨(qiāng):方孔的斧。⑭女桑:嫩桑叶。⑮䴗(jú):伯劳鸟。⑯孔阳:色彩极为鲜明。⑰秀:长穗。葽(yāo):药用植物。⑱蜩(tiáo):蝉。⑲陨萚(tuò):草木落叶。⑳于貉(hè):取貉。貉,今通称"狗獾"。㉑缵(zuǎn):继续。㉒豵(zōng):泛指小兽。㉓豜(jiān):泛指大兽。公:指统治者。㉔斯螽(zhōng):即蚣斯,昆虫名。㉕莎(suō)鸡:即纺织娘。㉖穹窒:堵塞洞穴。墐(jìn)户:涂泥在竹木所制的门上塞缝,以御寒风。㉗壶:葫芦。叔苴(jū):拾取麻籽。荼:苦菜。樗(chū):臭椿树。㉚黍:小米。稷:高粱。重(zhòng):同"种",早种晚熟的谷。穋(lù):晚种早熟的谷。㉛宫功:修建宫室。㉜索绹(táo):搓草绳。㉝乘屋:登上屋顶。㉞冲冲:凿冰之声。㉟凌阴:藏冰的地窖。㊱蚤:同"早",一种祭祖仪式。㊲朋酒:指成双的两壶酒。㊳兕觥(sì gōng):铜制犀牛状酒杯。

译文

七月火星向西落,九月里叫人缝寒衣。十一月北风呼呼吹,十二月寒气冷飕飕。粗布衣裳都没有,残冬腊月怎度过?正月里农具修整好,二月里举足到田头。带

瓜：本图所绘为甜瓜，原产非洲，"诗经"时代我国已栽植。

着老婆和孩子，晌午送饭村南头，田官看了乐悠悠。
七月火星向西落，九月里叫人缝寒衣。春天太阳暖洋洋，黄莺儿枝头欢唱。姑娘们提着竹篮，沿着小路向前走，采下片片嫩桑叶。春天日子渐渐长，采蒿人多似水流。姑娘不禁暗悲愁，害怕公子把我抢。
七月火星向西落，八月里要把芦苇割。春天里桑树要整枝，拿起刀锯和斧头。除掉高枝与长条，轻采柔桑片片收。七月里伯劳叫喳喳，八月里不停来纺纱。染成黑色又有黄，我染大红最漂亮，为那公子做衣裳。
四月里远志穗儿抽，五月里知了叫不休。八月里庄稼要收割，十月里黄叶纷纷坠。十一月里去打狗獾，猎得狐狸取下皮，为那公子做轻裘。腊月农闲人欢聚，继续打猎练武艺。留下小猪自家吃，大猪送到公府去。
五月里蝗虫鼓翅膀，六月里蝈蝈双翅颤。七月里蟋蟀鸣郊野，八月里屋檐底下唱。九月里怕冷躲门后，十月里到我床下藏。清除垃圾熏老鼠，塞紧门缝堵北窗。嘱咐我的妻和子，眼看就要到年关，快快进入这屋里。
六月里野李葡萄尝，七月里煮葵烧豆汤。八月里齐把枣子打，十月又将稻谷收。新米新谷酿春酒，祈求大家寿且康。七月里采瓜吃瓜瓤，八月里葫芦摘下秧，九月里麻子好收藏。多采苦菜多砍柴，农夫靠这度时光。
九月里修筑打谷场，十月里粮食要入仓。小米高粱和谷子，粟麻小麦加大豆。我们这些农夫啊，庄稼活儿干不完，又要服役修宫室。白天野外割茅草，夜里搓绳忙不休。急忙上房修屋顶，春天播种百谷忙。
腊月里凿冰咚咚响，正月里送进冰窖藏。二月里取冰行祭礼，韭菜羔羊供案头。九月霜降天气爽，十月清扫打谷场。捧上两樽甜米酒，宰杀大羊和小羊。登上公堂同聚会，高高举起牛角杯，高声齐祝万年寿！

鸱鸮

以小鸟口吻写筑巢的艰辛,古注认为是周公写给成王的诗。

鸱鸮鸱鸮① 　　迨天之未阴雨 　　予手拮据 　　予羽谯谯⑧
既取我子 　　彻彼桑土 　　予所捋荼⑥ 　　予尾翛翛⑨
无毁我室 　　绸缪牖户④ 　　予所蓄租⑦ 　　予室翘翘⑩
恩斯勤斯② 　　今女下民⑤ 　　予口卒瘏 　　风雨所漂摇
鬻子之闵斯③ 　　或敢侮予 　　曰予未有室家 　　予维音哓哓

注释

❶鸱鸮(chī xiāo):猫头鹰。❷斯:语助词。恩、勤:意即辛勤。❸鬻(yù):同"育",养育。闵:病。❹绸缪(móu):缠绵,引申为捆绑。❺下民:指树下过往的人。❻荼(tú):茅草花。❼租:指鸟食。❽瘏(tú):因病而手口剥裂。❽谯(qiáo)谯:羽毛凋敝貌。❾翛(xiāo)翛:羽毛稀疏貌。❿翘翘:形容鸟巢危险不安定。

鸱鸮：今称斑头鸺鹠（xiū liú），俗称猫头鹰，多夜晚活动，古人视为"恶鸟"。

译文

猫头鹰啊猫头鹰，你已抓走我的娃，别再毁坏我的家。我日夜辛苦劳碌，养育孩子受劳乏。

趁着天晴没下雨，赶紧剥取桑根皮，捆扎窗子和门户。如今树下的人们，也敢把我来欺侮。

我的双手已疲劳，还得采茅把巢垫，再把草料来积聚，我的嘴巴磨坏了，巢儿还是没修好。

我的羽毛渐稀少，我的尾巴像干草。我的巢儿晃摇摇，风吹雨打快要倒，直吓得我喳喳叫。

狼跋

主题不明,或写一位名誉不错的肥胖贵公子。

狼跋其胡❶	狼疐其尾
载疐其尾❷	载跋其胡
公孙硕肤❸	公孙硕肤
赤舄几几❹	德音不瑕

注释

❶跋:脚踩。胡:颔下悬肉。❷疐(zhì):被绊倒。❸硕肤:心宽体胖的样子。❹赤舄(xì):以金为饰的红色鞋子。几几:步履稳重的样子。

译文

老狼前行踩颈肉,后退又被尾巴绊。贵族公孙腹便便,红鞋弯弯神气足。
狼后退被尾巴绊,前行又踩颈下肉。贵族公孙腹便便,德行名誉真无瑕?

雅

多出自公卿大夫之手,
一小部分为民歌,
内容大多关乎政治,
分《小雅》和《大雅》。

鹿鸣

写周天子宴请群臣,表达礼贤之意。

呦呦鹿鸣
食野之苹❶
我有嘉宾
鼓瑟吹笙
吹笙鼓簧❷
承筐是将
人之好我
示我周行❸

呦呦鹿鸣
食野之蒿
我有嘉宾
德音孔昭❹
视民不恌❺
君子是则是效
我有旨酒❻
嘉宾式燕以敖❼

呦呦鹿鸣
食野之芩❽
我有嘉宾
鼓瑟鼓琴
鼓瑟鼓琴
和乐且湛❾
我有旨酒
以燕乐嘉宾之心

注释

❶苹:青蒿。❷簧:笙上的簧片。❸周行(háng):大道,引申为大道理。❹德音:美好的品德声誉。孔:很。❺视:同"示"。恌(tiāo):同"佻",轻薄。❻旨:甘美。❼式:语助词。燕:同"宴"。敖:同"遨",嬉游。❽芩(qín):蒿类植物。❾湛(dān):"媅"的借字,快乐,尽兴。

鹿：古籍中多指梅花鹿。历史上，野生梅花鹿众多，现今我国不到1000只。

译文
鹿儿呦呦叫不停，原野上面吃苹草。我有满座好宾客，弹琴吹笙奏乐调。一吹笙管振簧片，捧筐献礼礼周到。人们待我真友善，指我大道好主张。

鹿儿呦呦叫不停，原野上面吃蒿草。我有满座好宾客，品德高尚又显耀。示人榜样不轻薄，贤人纷纷来仿效。我有美酒香而醇，邀客饮酒任逍遥。

鹿儿呦呦叫不停，原野上面吃芩草。我有满座好宾客，弹瑟弹琴奏乐调。弹瑟弹琴奏乐调，快活尽兴同欢笑。我有美酒香而醇，使客快活乐在心。

伐木（节选）

写宴请朋友、故交、长辈。

伐木丁丁❶　　相彼鸟矣❷
鸟鸣嘤嘤　　犹求友声
出自幽谷　　矧伊人矣❸
迁于乔木　　不求友生
嘤其鸣矣　　神之听之
求其友声　　终和且平

注释
❶丁（zhēng）丁：砍树的声音。❷相：审视，端详。❸矧（shěn）：况且。

译文
砍那树木叮叮叮，鸟儿叫着嘤嘤鸣。鸟儿出自深谷里，飞往高高大树顶。鸟儿嘤嘤啼不住，呼叫同伴声欢畅。看看那个小鸟呀，为求知音不断鸣。何况我们这些人，岂能不知重友情。神灵听到我的话，赐我和乐与宁静。

鸿雁

写被驱赶服役的辛劳和悲苦。

鸿雁于飞❶
肃肃其羽
之子于征
劬劳于野❷
爰及矜人❸
哀此鳏寡

鸿雁于飞
集于中泽❹
之子于垣❺
百堵皆作❻
虽则劬劳
其究安宅❼

鸿雁于飞
哀鸣嗷嗷
维此哲人
谓我劬劳
维彼愚人
谓我宣骄

注释
❶于:语助词。❷劬(qú)劳:劳苦。❸爰:焉,于是。矜人:穷苦人。❹集:停息。❺垣(yuán):墙。❻百堵:百堵墙。百,言其多。❼究:终。

译文
大雁远飞,翅膀肃肃响。那人出门去,辛劳旷野上。救济穷苦人,鳏寡多悲惨。
大雁远飞,落在沼泽中。那人筑墙去,百堵都动工。虽然很辛苦,无处可安身。
大雁远飞,嗷嗷声凄凉。这些明白人,知我辛苦忙。昏庸在位者,说我自标榜。

采薇

写戍边军士既想效忠国家又想回家的复杂心情。

采薇采薇① 采薇采薇 驾彼四牡
薇亦作止② 薇亦刚止⑨ 四牡骙骙⑰
曰归曰归 曰归曰归 君子所依⑱
岁亦莫止③ 岁亦阳止⑩ 小人所腓⑲
靡室靡家④ 王事靡盬⑪ 四牡翼翼⑳
猃狁之故⑤ 不遑启处 象弭鱼服㉑
不遑启居⑥ 忧心孔疚⑫ 岂不日戒
猃狁之故。 我行不来 猃狁孔棘㉒

采薇采薇 彼尔维何⑬ 昔我往矣
薇亦柔止 维常之华⑭ 杨柳依依
曰归曰归 彼路斯何⑮ 今我来思㉓
心亦忧止 君子之车 雨雪霏霏㉔
忧心烈烈 戎车既驾 行道迟迟
载饥载渴⑦ 四牡业业⑯ 载渴载饥
我戍未定 岂敢定居 我心伤悲
靡使归聘⑧ 一月三捷 莫知我哀

注释

①薇（wēi）：野豌豆。②止：语助词。③莫：同"暮"。岁暮，一年将尽之时。④靡：无。⑤猃狁（xiǎn yǔn）：北方少数民族。⑥不遑（huáng）：没空。遑，闲暇。启：跪。⑦载：语助词。⑧聘：探问。⑨刚：指薇菜由嫩变粗硬。⑩阳：

薇：今称野豌豆，嫩茎叶、种子可食，外形美丽。

夏历四月以后。⑪盬（gǔ）：休止。⑫疚：痛苦。孔疚，非常痛苦。⑬尔："薾（ěr）"的假借字，花盛开貌。维何：是什么。⑭常：常棣，即棠棣。⑮路：同"辂（lù）"，高大的马车。⑯四牡：驾兵车的四匹雄马。业业：马高大貌。⑰骙（kuí）骙：马强壮貌。⑱依：乘。⑲小人：指士卒。腓（féi）："庇"的假借，隐蔽。⑳翼翼：行止整齐熟练貌。㉑象弭（mǐ）：象牙镶饰的弓。鱼服：用鲨鱼皮制成的箭袋。㉒棘：紧急。㉓思：语助词。㉔雨（yù）：作动词，下雪。

译文

采薇菜啊采薇菜，薇菜刚才长出来。说回家啊说回家，一年已经过大半。没有妻室没有家，只因猃狁来侵犯。没有空闲坐下来，只因猃狁常为患。

采薇菜啊采薇菜，薇菜初生正柔嫩。说回家啊说回家，心中忧思多牵挂。心中忧愁像火烧，又如饥渴实难忍。我的驻防无定处，没人回乡捎家书。

采薇菜啊采薇菜，薇菜茎叶已变老。说回家啊说回家，转眼十月又到了。王室公事做不完，片刻也不得安宁。忧思在心真痛苦，回家只怕难上难。

是什么花儿盛开？棠棣花开一丛丛。高大马车是谁乘？那是将帅所专用。驾驭兵车已起行，四马壮马气势雄。边地怎敢图安居？一月三次捷报送。

驾起四马驱车行，马儿雄骏高又大。将帅乘车作指挥，士卒也靠车掩蔽。四马步子多整齐，弓饰象牙箙鱼皮。哪有一天不警戒，猃狁侵扰势紧急！

想起当初离家时，杨柳依依轻摇曳。现在奏凯归来时，大雪纷飞满天扬。道路长远慢慢行，又饥又渴愁肠结。我心急切多伤痛，谁知我有多凄切！

出车

写大将南仲出征,直至凯旋的过程。

我出我车
于彼牧矣❶
自天子所
谓我来矣
召彼仆夫
谓之载矣
王事多难
维其棘矣❷

我出我车
于彼郊矣
设此旐矣❸
建彼旄矣❹
彼旟旐斯❺
胡不旆旆❻
忧心悄悄
仆夫况瘁❼

王命南仲
往城于方
出车彭彭❽
旂旐央央❾
天子命我
城彼朔方
赫赫南仲
玁狁于襄❿

昔我往矣
黍稷方华⓫
今我来思⓬
雨雪载涂⓭
王事多难
不遑启居⓮
岂不怀归
畏此简书

喓喓草虫⓯
趯趯阜螽⓰
未见君子
忧心忡忡
既见君子
我心则降
赫赫南仲
薄伐西戎⓱

春日迟迟
卉木萋萋
仓庚喈喈⓲
采蘩祁祁⓳
执讯获丑⓴
薄言还归㉑
赫赫南仲
玁狁于夷

注释

❶牧:郊外。 ❷棘:紧急。 ❸旐(zhào):有龟蛇图案的旗。 ❹旄(máo):装饰牦牛尾的旗子。 ❺旟(yú):有鹰隼图案的旗帜。 ❻旆(pèi)旆:旗帜飘扬的样子。 ❼况瘁(cuì):辛苦憔悴。 ❽彭彭:形容车马众多。 ❾央央:鲜明的样子。 ❿襄:即"攘",平息,扫除。 ⓫华:开花,诗中指黍稷抽穗。 ⓬思:语助

阜螽（fù zhōng）：蚂蚱，蝗科物种，植食性，啃食叶苗，可造成灾荒。

词。⑬雨雪：下雪。涂：即"途"。⑭遑：空闲。⑮喓（yāo）喓：昆虫叫声。⑯趯（tì）趯：蹦跳的样子。⑰薄：语助词，含有勉励之意。西戎：古代北方少数民族。⑱喈（jiē）喈：鸟叫声。⑲蘩：白蒿。祁祁：众多的样子。⑳获丑：俘虏。㉑还：通"旋"，凯旋。

译文

派出战车套上马，待命在那牧马场。有人从王那里来，派我出征到此地。召集车夫驾起车，为我驾车到边防。国家多事又多难，紧急行动保家邦。

派出战车套上马，待命在那牧马场。龟蛇旗帜插车上，旄牛尾旗竖两旁。鹰旗龟旗相交错，无不呼呼迎风摆。我为战事心不安，车夫憔悴赶车忙。

周王传令南仲帅，筑城御敌往北方。战车如云齐出发，旗帜鲜明迎风扬。周王下令我执行，修筑城防去北方。威仪不凡南仲帅，扫荡狻狁威名扬。

先前出征离开家，黍稷青青正扬花。今日队伍要回转，大雪落满路途艰。国家多灾又多难，巡回御敌奔跑忙。难道我不把想家？恐有紧急又换防。

蝈蝈喓喓不住唱，蚱蜢蹦蹦跳场上。未曾看见南仲面，忧思萦绕虑国防。如今看见南仲子，心里平静不烦躁。威风凛凛南仲帅，大胜西戎军民笑。

春日白昼渐渐长，花木丰茂色青青。黄莺欢跳树上鸣，女子采蒿聚一起。审问俘虏记战绩，胜利归来回家乡。威风凛凛南仲子，平定狻狁建功勋。

鱼丽

赞美君子鱼多酒美、生活富足。

鱼丽于罶❶
鲿鲨
君子有酒
旨且多❷

物其多矣
维其嘉矣

物其旨矣
维其偕矣❸

鱼丽于罶
鲂鳢
君子有酒
多且旨

物其有矣
维其时矣❹

鱼丽于罶
鰋鲤
君子有酒
旨且有

注释
❶丽:通"罹",遭遇,落入。罶(liǔ):捕鱼的鱼篓子。 ❷旨:味美。
❸偕:齐备。 ❹时:季节、时令。

鲨：古代又叫石鲹（tuó），因常张口吹沙而称为鲨鱼，多栖息于清澈淡水。

译文
鱼儿游进篓，黄鲿鲨鱼装满笱。君子有醇酒，味既鲜美而且多。
鱼儿游进篓，鲂鱼草鱼真不少。君子有醇酒。又丰盛来又鲜美。
鱼儿游进篓，鲇鱼鲤鱼真丰富。君子有醇酒，味道鲜美样样有。
酒肴丰盛花多样，味道实在真不错。
样样酒肴都精美，各种食物真齐全。
酒肴丰盛何等齐，鲜味应时不断档。

湛露

写天子宴请诸侯,赞美诸侯。

湛湛露斯❶　　湛湛露斯
匪阳不晞❷　　在彼杞棘
厌厌夜饮❸　　显允君子
不醉无归　　　莫不令德

湛湛露斯　　　其桐其椅
在彼丰草　　　其实离离❺
厌厌夜饮　　　岂弟君子
在宗载考❹　　莫不令仪❻

注释

❶湛(zhàn)湛:露水浓重的样子。❷晞(xī):干。❸厌厌:安闲的样子。❹考:成,指成礼。❺离离:下垂的样子,指果实多而重,枝头低垂。❻令仪:美好的仪表。

椅：今称山桐子，民俗上为吉祥之树，古代时，北方常种，嫩叶和花朵可食。

译文

浓浓露珠沾草间，没有太阳晒不干。夜间安闲好饮酒，不喝醉来莫回还。
浓浓露珠亮光闪，挂在茂密草丛中。夜间饮酒多欢畅，设席宗庙礼隆重。
浓浓露珠晶晶亮，挂在枸杞与酸枣。君子光明又诚实，莫不人人品德好。
桐树椅树长得高，果实累累压枝重。君子和气又平易，酒后不失好威仪。

菁菁者莪

天子视察贵族子弟学校时献唱的诗。

菁菁者莪❶　　菁菁者莪
在彼中阿❷　　在彼中陵
既见君子　　　既见君子
乐且有仪　　　锡我百朋❸

菁菁者莪　　　汎汎杨舟
在彼中沚　　　载沉载浮
既见君子　　　既见君子
我心则喜　　　我心则休❹

注释
❶莪（é）：莪蒿、萝蒿，亦称抱娘蒿。❷中阿：即"阿中"，大丘陵中。
❸锡：通"赐"。百朋：两百串货币。朋，古人以贝壳作为货币。❹休：喜。

莪：今称莪蒿、萝蒿、抱娘蒿，枝叶与青蒿类似，古人常食。

译文
茂盛的萝蒿，长在丘陵上。如今见了君子面，欢乐而且有礼让。
茂盛的萝蒿，长在小洲上。如今见了君子面，我的心里真欢畅。
茂盛的萝蒿，长在土山上。如今见了君子面，胜得赏钱百千串。
杨木舟水中荡，或沉或浮任漂流。如今见了君子面，我的心里乐悠悠。

庭燎

写早朝前群臣将至的情形。

夜如何其❶　　夜如何其　　夜如何其
夜未央❷　　　夜未艾❺　　　夜乡晨❽
庭燎之光❸　　庭燎晣晣❻　　庭燎有辉❾
君子至止　　　君子至止　　　君子至止
鸾声将将❹　　鸾声哕哕❼　　言观其旂❿

注释

❶其（jī）：语尾助词。❷央：尽。❸庭燎：宫廷照亮的火炬。❹鸾：也作"銮"，铃。将（qiāng）将：铃声。❺艾：尽。❻晣（zhé）晣：明亮。❼哕（huì）哕：铃声。❽乡（xiàng）：同"向"。❾辉：较暗淡的光。❿言：乃，爰。旂：同"旗"，指有铃铛的旗子。

译文

现在夜里何时光？还是半夜天未亮，庭中火炬熊熊闪。早朝诸侯快来到，旗上銮铃叮当响。

现在夜里何时光？还是半夜天未亮，庭中火炬一片明。早朝诸侯快来到，旗上銮铃叮咚鸣。

现在夜里何时光？夜色消退天快亮，庭中火炬光渐昏。早朝诸侯快来到，只见旌旗随处扬。

白驹

写自己想要挽留一位高贵的客人。

皎皎白驹	皎皎白驹	皎皎白驹	皎皎白驹
食我场苗	食我场藿❸	贲然来思❹	在彼空谷
絷之维之❶	絷之维之	尔公尔侯	生刍一束❻
以永今朝❷	以永今夕	逸豫无期❺	其人如玉
所谓伊人	所谓伊人	慎尔优游	毋金玉尔音
于焉逍遥	于焉嘉客	勉尔遁思	而有遐心

注释

❶絷(zhí):用绳子绊住马脚。维:拴住马缰绳。❷永:延长。❸藿(huò):豆叶。❹贲(bēn):通"奔"。贲然,马快跑的样子。❺逸豫:安逸享乐。❻生刍(chú):喂马用的青草。

译文

白白的小马儿,吃我场上的豆苗。绊住它来拴住它,延长欢乐的今朝。所说的那个人,请在这里任逍遥。

白白的小马儿,吃我场上的豆叶。绊住它来拴住它,延长今晚的良辰。所说的那个人,在此做客乐陶陶。

白白的小马儿,很快地跑到这儿。为公为侯真高贵,安逸享乐莫还家。安乐快活没期限,莫要避世图闲暇。

白白的小马儿,回到空旷的山谷。一束鲜草作饲料,那个人像玉般好。别忘给我捎个信,别有疏远我的心。

我行其野

写妻子发现丈夫变心,主动要求回娘家去。

我行其野　　我行其野　　我行其野
蔽芾其樗❶　言采其蓫❹　言采其葍❺
婚姻之故　　婚姻之故　　不思旧姻
言就尔居❷　言就尔宿　　求尔新特❻
尔不我畜❸　尔不我畜　　成不以富❼
复我邦家　　言归斯复　　亦祗以异❽

注释
❶蔽芾(fèi):茂盛的样子。樗(chū):臭椿树。❷言:乃。❸畜:养。一说为喜爱的意思。❹蓫:羊蹄菜,根可入药。❺葍(fú):多年生野菜,其根可蒸食。❻新特:新妇。特,配偶。❼成:通"诚",确实。❽祗(zhǐ):只,仅仅。

葍：今称小旋花，宿命打碗花、喇叭花，常吃其根可头晕腹破，被视为恶菜。

译文

我在旷野里独行，路旁臭椿枝叶茂。因为成婚的缘故，才来你家与你住。你今变心不爱我，返国安居我旧庐。

我在旷野里独行，步履迟迟采蓫菜。因为成婚的缘故，才到你处同住宿。你今变心不爱我，只好回到娘家住。

我在旷野里独行，手采葍菜心悲伤。你呀全忘原配情，贪求新欢太可恶。实在不该贪富贵，见异思迁太荒唐。

斯干（节选）

周宣王时庆祝新宫室落成的诗。

乃生男子　　乃生女子
载寝之床❶　载寝之地
载衣之裳❷　载衣之裼❻
载弄之璋❸　载弄之瓦❼
其泣喤喤❹　无非无仪❽
朱芾斯皇❺　唯酒食是议
室家君王　　无父母诒罹❾

注释

❶载：语助词。❷衣：穿衣。裳：下裙，此指衣服。❸璋（zhāng）：一种玉器。❹喤（huáng）喤：哭声洪亮的样子。❺朱芾（fú）：用兽皮所做的红色蔽膝，为诸侯、天子所服。❻裼（tì）：婴儿的褓衣。❼瓦：陶制的纺线锤。❽仪：通"俄"，邪僻。❾诒（yí）：同"贻"，给予。罹（lí）：忧愁。

译文

如若生了男孩子，就要让他睡床上。给他穿上好衣裳，让他玩弄白玉璋。他的哭声多响亮，红色蔽膝真鲜亮，不是国君便是王。
如若生了女孩子，就要让她睡地上。把她裹在褓褓中，给她玩弄纺锤棒。长大端庄不邪僻，能把酒食来料理，不给父母添忧虑。

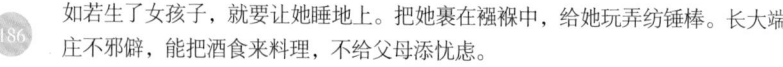

无羊

周宣王时庆贺、祝颂牧业发达兴旺的诗。

谁谓尔无羊❶
三百维群
谁谓尔无牛
九十其犉❷
尔羊来思
其角濈濈❸
尔牛来思
其耳湿湿❹

或降于阿
或饮于池
或寝或讹❺
尔牧来思
何蓑何笠❻
或负其餱
三十维物❼
尔牲则具

尔牧来思
以薪以蒸❽
以雌以雄
尔羊来思
矜矜兢兢
不骞不崩❾
麾之以肱❿
毕来既升

牧人乃梦
众维鱼矣
旐维旟矣
大人占之
众维鱼矣
实维丰年
旐维旟矣
室家溱溱⓫

注释
❶维:为。❷犉(rún):一说黄牛黑唇为犉,一说牛七尺为犉。❸濈(jí)濈:众多聚集貌。❹湿湿:牛反刍晃耳状。❺讹:动。❻何:同"荷(hè)",指肩上所披。❼物:毛色。❽蒸:细小之柴。❾骞(qiān):亏损。❿麾:挥动。⓫溱(zhēn)溱:同"蓁蓁",旺盛的样子。

译文
谁说你家没有羊?一群就是三百只。谁说你家没有牛?七尺黄牛九十头。你的羊儿走来了,羊儿角儿相依靠。你的牛儿走来了,嚼时都把耳朵摇。
它们有的下山坡,有的饮水在池畔,也有动弹也有睡。你的牧人走来了,披着蓑衣戴斗笠,又把干粮袋子背。牛羊毛色三十种,品类齐备祭牲多。
你的牧人走来了,粗草嫩草当饲料,公的母的交配好。你的羊儿走来了,又肥又壮个个好,没有疾病没亏少。摆动胳膊来指挥,一股脑儿进圈牢。
牧人做梦真希奇,梦见蝗虫变成鱼,梦见鱼旗变鸟旗。太卜为他占一卦:"蝗虫变成鱼儿呀,准是丰年满谷仓。鱼蛇旗换鸟旗呀,人丁兴旺庆有余。"

鹤鸣

写一个园子里的各种景物。

鹤鸣于九皋❶	鹤鸣于九皋
声闻于野	声闻于天
鱼潜在渊	鱼在于渚
或在于渚❷	或潜在渊
乐彼之园	乐彼之园
爰有树檀❸	爰有树檀
其下维萚	其下维榖❺
它山之石	它山之石
可以为错❹	可以攻玉❻

注释

❶鹤:多用来比喻隐居的贤人。九:虚数,言沼泽极为曲折。皋(gāo):沼泽。❷渚:指小洲旁的浅水。❸爰:语助词。树檀:檀树,用来比喻贤人。❹错:砺石,磨石。❺榖(gǔ):楮树。❻攻:加工,雕刻。

鹤：俗称仙鹤，本图所绘为我国珍贵物种丹顶鹤。

译文

九曲沼泽白鹤鸣，声音嘹亮传四郊。鱼儿潜藏深水里，有时游出到浅滩。我爱那个好林园，园里檀树大又高，树下落叶枯又焦。别的山上有美石，能够把那玉石雕。

九曲沼泽白鹤鸣，声音嘹亮传上天。鱼儿游在沙洲边，时而下潜到深渊。我爱那个好林园，园里檀树大又高，下有楮树矮又小。别的山上有美石，能够把那玉器磨。

白华

写一位贵族夫人（古注认为是褒姒）被遗弃后的哀怨和失落。

白华菅兮①	滮池北流②	鼓钟于宫	鸳鸯在梁
白茅束兮	浸彼稻田	声闻于外	戢其左翼⑦
之子之远	啸歌伤怀	念子懆懆④	之子无良
俾我独兮	念彼硕人	视我迈迈⑤	二三其德
英英白云	樵彼桑薪	有鹙在梁⑥	有扁斯石
露彼菅茅	卬烘于煁③	有鹤在林	履之卑兮
天步艰难	维彼硕人	维彼硕人	之子之远
之子不犹	实劳我心	实劳我心	俾我疧兮⑧

注释

①菅（jiān）：茅的一种，又名芦芒、芒草。②滮（biāo）：古水名，在今西安市北。③卬（áng）：我，女子自称。煁（shén）：可以移动的行灶。④懆（cǎo）懆：忧愁的样子。⑤迈迈：疏远不顾之态。⑥鹙（qiū）：水鸟，似鹤而大，又名"秃鹙"。⑦戢（jí）：收敛。⑧疧（qí）：忧愁而病。

菅：今称芒草，生命力强，春天生叶，如剑有锋，古人常用茎秆编鞋。

译文
白华草儿沤成菅，白茅紧紧捆着它。这人远远离我去，使我空房度年华。
白云朵朵天上飘，地下菅茅受润濡。如今命运太艰难，恨他白云还不如。
滮池之水向北流，灌得稻田绿油油。长啸高歌伤心怀，冤家还在我心头。
桑枝本是好柴薪，我烧行灶来暖身。想起那个漂亮人，叫我心里真烦恼。
宫廷里面大钟敲，钟声总要传出宫。心中想你多烦恼，你却发怒把我伤。

小宛

写生活动荡危险，告诫自己要处处小心。

宛彼鸣鸠① 　　中原有菽⑦ 　　交交桑扈⑮
翰飞戾天② 　　庶民采之 　　率场啄粟
我心忧伤 　　螟蛉有子⑧ 　　哀我填寡⑯
念昔先人 　　蜾蠃负之⑨ 　　宜岸宜狱⑰
明发不寐③ 　　教诲尔子 　　握粟出卜
有怀二人④ 　　式穀似之⑩ 　　自何能穀

人之齐圣 　　题彼脊令⑪ 　　温温恭人
饮酒温克⑤ 　　载飞载鸣⑫ 　　如集于木
彼昏不知 　　我日斯迈⑬ 　　惴惴小心
壹醉日富 　　而月斯征 　　如临于谷
各敬尔仪 　　夙兴夜寐 　　战战兢兢
天命不又⑥ 　　毋忝尔所生⑭ 　　如履薄冰

注释

①宛：小的样子。鸠：斑鸠。②翰飞：高飞。戾：至。戾天，犹说"摩天"。③明发：天亮。④有：同"又"。⑤温克：克制自己以保持温和恭敬。⑥又：通"佑"，保佑。⑦菽：大豆。⑧螟蛉（míng líng）：螟蛾幼虫。⑨蜾蠃（guǒ luǒ）：蜾蠃蜂，又叫土蜂、细腰蜂等。⑩式：语气词。穀：善。似：借作"嗣"，继承。⑪题（dì）：通"睇"，看。脊令：鸟名，通作"鹡鸰（jī líng）"。⑫载：则，且。⑬斯：语助词。⑭忝（tiǎn）：辱没。⑮桑扈：俗名青雀。⑯填：通"瘨（chēn）"，病。寡：贫。⑰岸：诉讼。

蜾蠃：捕捉螟蛉幼虫供自己的幼虫食用，古人误以为是收养螟蛉，故称"螟蛉义子"。

译文

小小斑鸠不住鸣，高高飞起上云天。忧伤充满我内心，怀念祖先倍感亲。通宵达旦睡不着，想着父母在世情。

凡是聪明睿智人，饮酒也能见沉稳。那些无知糊涂蛋，每饮必醉日日甚。请各自重慎举止，否则天不佑你们。

田野长满那豆苗，众人一起去采摘。螟蛉如若生幼子，细腰蜂儿背回巢。好好教育下一代，继承祖先好风采。

看那小小的鹡鸰，一边飞来一边鸣。天天在外我奔波，月月在外我远行。起早贪黑多努力，不辱父母的英名。

小青雀叫叽叽叽，沿着谷场啄小米。可怜我们穷苦人，连遇诉讼真可气。抓把小米占一占，何处才能得吉祥？

温和恭谨那些人，好比住在高树上。担心害怕真警惕，就像深谷脚边近。战战兢兢心恐惧，就像踩着薄薄冰。

谷风

感慨一位朋友只能共患难,不能共安乐。

习习谷风	习习谷风	习习谷风
维风及雨❶	维风及颓❺	维山崔嵬❻
将恐将惧❷	将恐将惧	无草不死
维予与女❸	置予于怀	无木不萎
将安将乐	将安将乐	忘我大德
女转弃予❹	弃予如遗	思我小怨

注释

❶维:同"唯"。❷将:且,乃。❸女:同"汝",你。❹转:反而。❺颓:自上而下的旋风。❻崔嵬(wéi):山高峻的样子。

译文

山谷大风呼呼刮,大风夹带阵阵雨。当初恐惧危难时,唯我帮你分忧虑。如今生活已安乐,你却弃我掉头去。

山谷大风呼呼刮,大风旋转不停息。当初恐惧危难时,你搂我在怀抱里。如今生活已安乐,将我抛开全忘记。

山谷大风呼呼刮,刮过巍巍高山岭。刮得百草全枯死,刮得树木都枯萎。我的恩情你全忘,只把小怨记分明。

无将大车

以推挽大车尘土飞扬为喻,告诫自己不要忧思。

无将大车❶	无将大车	无将大车
祇自尘兮❷	维尘冥冥	维尘雍兮❺
无思百忧	无思百忧	无思百忧
祇自疧兮❸	不出于颎❹	祇自重兮❻

注释
❶将:扶。❷祇:只。❸疧(qí):生病。❹颎(jiǒng):火光,亮光。❺雍:遮掩。❻重:拖累。

译文
载重大车不用扶,只会惹得尘满身。莫想那些忧心事,只会得病伤身体。
载重大车不用扶,只会扬起层层灰。莫想那些忧心事,只会越想越不明。
载重大车不用扶,尘土飞扬遮天日。莫想那些忧心事,只会加重心中累。

蓼莪

哀叹生活艰难，不能奉养父母善终。

蓼蓼者莪❶
匪莪伊蒿❷
哀哀父母
生我劬劳

蓼蓼者莪
匪莪伊蔚❸
哀哀父母
生我劳瘁

瓶之罄矣❹
维罍之耻❺

鲜民之生
不如死之久矣
无父何怙❻
无母何恃
出则衔恤❼
入则靡至

父兮生我
母兮鞠我❽
拊我畜我❾
长我育我
顾我复我❿

出入腹我
欲报之德
昊天罔极⓫

南山烈烈
飘风发发⓬
民莫不榖⓭
我独何害

南山律律⓮
飘风弗弗⓯
民莫不榖
我独不卒

注释

❶蓼（lù）蓼：又长又大的样子。莪（é）：莪蒿。❷伊：是。❸蔚（wèi）：牡蒿。❹罄（qìng）：器皿中空。❺罍（léi）：盛水器具。❻怙（hù）：依靠。❼衔恤：含忧。❽鞠：养育。❾拊（fǔ）：通"抚"。畜（xù）：喜爱。❿复：返回，指不忍离去。⓫罔：无。极：穷。⓬飘风：暴风。发发：风疾貌。⓭榖：善。⓮律律：同"烈烈"。⓯弗弗：同"发发"。

蔚：今称牡（mǔ）蒿，嫩苗可食，味苦，古人用作救荒植物。

译文
看那莪蒿长得高，却非莪蒿是艾蒿。哀痛我的父和母，生我养我太辛劳。
看那莪蒿长得高，却非莪蒿是牡蒿。哀痛我的父和母，生我养我太劳累。
小小瓶儿空荡荡，装水坛子真羞耻。孤苦伶仃活世上，不如早点死掉好。没有亲爹爹何所靠，没有亲妈何所恃？离家服役心含悲，入门茫然不知止。
爹爹呀你生下我，妈妈呀你喂养我。抚摸我来爱护我，养我长大培育我。照顾我来挂念我，出入家门怀抱我。想报爹妈大恩德，老天无端降灾祸！
南山高峻难逾越，暴风凄厉令人怯。别人都能养父母，独我为何遭此劫！
南山高峻难迈过，暴风凄厉透骨凉。别人都能养父母，不能终养独是我！

北山

周幽王时大夫批评权贵无所事事,自己却为国事劳瘁。

陟彼北山
言采其杞①
偕偕士子②
朝夕从事
王事靡盬
忧我父母

溥天之下
莫非王土
率土之滨③
莫非王臣
大夫不均
我从事独贤

四牡彭彭④
王事傍傍⑤
嘉我未老
鲜我方将⑥
旅力方刚⑦
经营四方

或燕燕居息⑧
或尽瘁事国
或息偃在床
或不已于行

或不知叫号
或惨惨劬劳⑨
或栖迟偃仰
或王事鞅掌⑩

或湛乐饮酒
或惨惨畏咎
或出入风议⑪
或靡事不为

注释

①杞:枸杞。②偕偕:身体强壮的样子。③率:从,沿着。④彭彭:奔跑不停的样子。⑤傍傍:忙于奔走不得休息的样子。⑥鲜:少而难得。将:强壮。⑦旅力:同"膂力",体力,筋力。⑧燕燕:安适的样子。⑨惨惨:愁苦的样子。⑩鞅掌:指公事繁忙。⑪风议:夸夸其谈。

杞：今称枸杞，周代黄河流域常见，春可食苗，夏可食叶，秋可食果，冬可食根。

译文

登上高高的北山，为把枸杞来采摘。身强力壮的士子，从早到晚忙不停。君王差事做不完，无法服侍爹和娘。

苍天之下的土地，哪一处不是王土。四海之内的臣民，谁不是王的臣仆。大夫派差不公平，派我差事特别苦。

四匹公马不停跑，差事多得没有完。夸我年轻还没老，说我身强力又壮。还说我的精力旺，理应当差奔四方。

有人安逸享受，有人全力为公。有人吃饱就睡，有人不停奔走。

有人不知民哭，有人劳累忧愁。有人优游安闲，有人工作忙碌。

有人终日贪杯，有人小心谨慎。有人只会耍嘴，有人事事动手。

鼓钟

因怀念"君子"而听乐忧伤。

鼓钟将将❶　鼓钟喈喈❹　鼓钟伐鼛　鼓钟钦钦❽
淮水汤汤❷　淮水湝湝❺　淮有三洲　鼓瑟鼓琴
忧心且伤　　忧心且悲　　忧心且妯❼　笙磬同音
淑人君子　　淑人君子　　淑人君子　　以雅以南❾
怀允不忘❸　其德不回❻　其德不犹　　以籥不僭❿

注释

❶鼓:敲击。将将:钟声。❷汤(shāng)汤:水势奔腾的样子。❸允:语气助词。❹喈(jiē)喈:钟声。❺湝(jiē)湝:水势奔腾的样子。❻回:奸邪。❼妯(chōu):动,引申为不平静。❽钦钦:钟声。❾南:南夷之乐。❿籥(yuè):古代一种乐器。僭(jiàn):乱。

译文

编钟敲起响叮当,淮水奔流浩荡荡,我心忧愁又伤感。想起古代好君子,让我思念不能忘。
编钟敲起声缭绕,淮水东流浩荡荡,我心忧愁又悲伤。想起古代好君子,品德高尚不奸邪。
敲钟击鼓声悠悠,淮水当中有三洲,我心忧愁又起伏。想起古代好君子,美好品德千古传。
敲起编钟声钦钦,又鼓瑟来又弹琴,吹签击磬声谐和。奏起雅乐和南乐,排箫伴奏依次行。

裳裳者华

写见到"君子"十分开怀。

裳裳者华❶	裳裳者华	裳裳者华	左之左之
其叶湑兮❷	芸其黄矣❻	或黄或白	君子宜之
我觏之子❸	我觏之子	我觏之子	右之右之
我心写兮❹	维其有章矣❼	乘其四骆	君子有之
我心写兮	维其有章矣	乘其四骆	维其有之
是以有誉处兮❺	是以有庆矣	六辔沃若❽	是以似之❾

注释
❶裳裳:犹"堂堂",旺盛鲜艳的样子。一说车上的帷裳。华:花。❷湑(xǔ):茂盛。❸觏(gòu):遇见。❹写:通"泻",宣泄。❺誉:通"豫",欢乐。❻芸:多。❼章:纹章,服饰文采。❽沃若:驯顺貌。❾似:通"嗣",继承。

译文
花儿朵朵多鲜明,叶儿繁茂长势旺。我见到各位贤人,忧心宣泄真舒畅。忧心宣泄来精神,于是有了安乐的地方。
花儿朵朵多鲜明,繁茂艳丽黄又黄。我见到各位贤人,他有才华有专长。他有才华有专长,于是有了喜庆的排场。
花儿朵朵多鲜明,有黄有白多娇艳。我见到各位贤人,驾着黑鬣白马车。驾着黑鬣白马车,六根缰绳滑又柔。
左手边有个左相,君子应付很适宜。右手边有个右相,君子发挥有余地。因他发挥有余地,所以后嗣能承继。

桑扈

写天子宴请地位特殊的诸侯。

交交桑扈① 之屏之翰④
有莺其羽② 百辟为宪⑤
君子乐胥 不戢不难⑥
受天之祜③ 受福不那⑦

交交桑扈 兕觥其觩⑧
有莺其领 旨酒思柔⑨
君子乐胥 彼交匪敖⑩
万邦之屏 万福来求⑪

注释
①交交：鸟鸣声。桑扈：青雀。②莺：鸟羽有文采的样子。③祜（hù）：福禄。④翰："干"的假借，支柱。⑤百辟（bì）：各国诸侯。宪：法度，引申为榜样。⑥戢（jí）：克制。难（nuó）：通"傩"，行有节度。⑦那（nuó）：多。⑧兕觥（sì gōng）：牛角酒杯。觩（qiú）：弯曲的样子。⑨旨酒：美酒。⑩匪敖：不傲慢。敖，通"傲"。⑪求：同"逑"，集聚。

桑扈：今称蜡嘴雀，诗中所指应为黑尾蜡嘴雀，美丽可爱，可学技艺。

译文

交交鸣叫青雀鸟，羽毛光洁色彩艳。大人君子常欢乐，受天保佑享福荫。
交交鸣叫青雀鸟，颈间羽色好美妙。大人君子常欢乐，保卫家国作屏障。
国家屏障和栋梁，你的言行成典范。克制自己守礼节，就能享受无尽福。
牛角杯儿弯又弯，满斟美酒清香浓。贤者交往不倨傲，万福来聚遂心愿。

车舝

写男子迎娶妻子的喜乐。

间关车之舝兮❶
思娈季女逝兮❷
匪饥匪渴
德音来括❸
虽无好友
式燕且喜❹

依彼平林❺
有集维鷮❻
辰彼硕女
令德来教❼
式燕且誉
好尔无射❽

虽无旨酒
式饮庶几❾
虽无嘉殽
式食庶几
虽无德与女
式歌且舞

陟彼高冈
析其柞薪❿
析其柞薪
其叶湑兮⓫
鲜我觏尔⓬
我心写兮⓭

高山仰止
景行行止⓮
四牡骓骓⓯
六辔如琴
觏尔新昏
以慰我心。

注释

❶间关：车轮的摩擦声。舝（xiá）：车轴两端的键。❷思娈（luán）：思慕美貌。❸德音：好消息。括：见面。❹式：语气助词。❺依：茂密。❻鷮（jiāo）：野鸡。❼令德：好德行。❽射（yì）：厌，厌恶。❾庶几：希望。❿析：砍。柞：柞树。⓫湑（xǔ）：茂盛。⓬觏（gòu）：见到。⓭写：同"泻"，除尽。⓮景行：大路，大道。⓯骓（fēi）骓：马行走不停的样子。

鷮：今称白冠长尾雉、长尾鸡、山雉，雄鸟尾长可达两米，羽色艳丽、独特。

译文

车辇转动间关响，思恋少女亲迎往。不是饥饿也不渴，盼好消息送上堂。虽无众多好朋友，宴饮喜庆也欢乐。

那片茂密的平林，长尾野鸡树上栖。漂亮姑娘及时嫁，美德使我受教益。宴饮相庆又赞誉，爱你永远不厌弃。

虽然酒味不太好，愿你也能喝几杯。虽然桌上没佳肴，愿你也能吃几口。虽无美德与你比，轻歌曼舞相伴随。

登上高高那山冈，劈下柞树当柴烧。劈下柞树当柴烧，树叶茂盛多新鲜。有幸我把你遇见，心花怒放百愁消。

德如高山人景仰，德如大道人遵循。四匹马儿跑不停，六条缰绳均如弦。见你车上新婚人，我心从此得安慰。

青蝇

告诫朋友不要听信祸国殃民的谗言。

营营青蝇	营营青蝇	营营青蝇
止于樊	止于棘❷	止于榛
岂弟君子❶	谗人罔极❸	谗人罔极
无信谗言	交乱四国	构我二人

注释

❶岂弟（kǎi tì）：同"恺悌"，平和有礼。❷棘：酸枣树。❸罔极：没有标准。

译文

青蝇乱飞嗡嗡响，停在院间篱笆上。和蔼可亲君子啊，莫把害人谗言信。
青蝇乱飞嗡嗡响，停在庭前枣树上。害人话儿没标准，搅得四方乱不平。
青蝇乱飞嗡嗡响，只只停在榛树丛。害人话儿没定准，弄得你我反不亲。

鱼藻

讽刺周天子饮酒享乐、安闲自得。

鱼在在藻	鱼在在藻	鱼在在藻
有颁其首❶	有莘其尾❹	依于其蒲
王在在镐❷	王在在镐	王在在镐
岂乐饮酒❸	饮酒乐岂	有那其居❺

注释

❶颁(fén):头大的样子。❷镐:西周都城,在今陕西西安。❸岂(kǎi):欢乐。❹莘:尾巴长的样子。❺那(nuó):安闲的样子。

译文

鱼在水藻把身藏,肥肥大大头儿摆。周王住在镐京城,欢饮美酒真自在。
鱼儿藏在水藻下,悠悠长长尾巴摇。周王住在镐京城,欢饮美酒真逍遥。
鱼儿藏在水藻边,贴着蒲草多安闲。周王住在镐京城,所居安乐好地方。

都人士

赞美京都贵族男女服饰华贵、仪容不凡。

彼都人士　　彼都人士　　匪伊垂之
狐裘黄黄　　充耳琇实❹　带则有余
其容不改　　彼君子女　　匪伊卷之
出言有章　　谓之尹吉❺　发则有旟❽
行归于周　　我不见兮　　我不见兮
万民所望　　我心苑结❻　云何盱矣❾

彼都人士　　彼都人士
台笠缁撮❶　垂带而厉
彼君子女　　彼君子女
绸直如发❷　卷发如虿❼
我不见兮　　我不见兮
我心不说❸　言从之迈

注释

❶缁撮（zī cuō）：缁布冠。❷绸：通"稠"。如发：头发。❸说（yuè）：同"悦"。❹琇（xiù）：美玉。❺尹、吉：当时的两个大姓。❻苑（yùn）：通"蕴"，郁结。❼虿（chài）：蝎类。用"虿"形容女子的卷发。❽旟（yú）：旗的一种，引申为上扬。❾盱（xū）：张目。

虿：今称蝎子，卵胎生，有冬眠习性，蝎尾弯曲有毒素。

译文

京都人士真漂亮，狐皮袍子亮黄黄。他的容貌没变样，说出话来像文章。行为遵循西周礼，天下人民尽向往。

京都人士真漂亮，头上草笠缁布冠。那位姑娘好容貌，密直头发垂两边。不能见到姑娘面，心里不快难开颜。

京都人士真漂亮，美玉坠子耳边加。那位姑娘好容貌，姓尹姓吉名气大。不能见到姑娘面，心中郁闷好牵挂。

京都人士真漂亮，衣带下垂两边飘。那位姑娘好容貌，卷发如蝎向上翘。不能见到姑娘面，但愿跟随一起跑。

不是她要把带垂，衣带本来长过腰。不是她要把发卷，头发本该向上扬。不能见到姑娘面，为之四顾心忧伤。

采绿

写丈夫未在约定日期归来,妻子心烦意乱。

终朝采绿❶　　之子于狩
不盈一匊❷　　言韔其弓❺
予发曲局　　　之子于钓
薄言归沐　　　言纶之绳

终朝采蓝　　　其钓维何
不盈一襜❸　　维鲂及鱮
五日为期　　　维鲂及鱮
六日不詹❹　　薄言观者❻

注释

❶绿:通"菉(lù)",荩草,又名王刍(chú),染黄用的草。❷匊(jū):同"掬",两手合捧。❸襜(chān):指衣服遮着前面的部分。❹詹:到。❺韔(chàng):弓袋,作动词。❻观:通"贯",引申为多。

蓝：今称蓼蓝，古人常用它染蓝色，还用于绘画，全草可入药。

译文
整天在外采苤草，还是不满两手抱。我的头发卷又曲，转回家去洗洗头。
整天在外采蓼蓝，衣兜还是装不满。他说五天就见面，过了六天不回还。
往后那人去打猎，我就为他套好弓。往后那人去钓鱼，我就为他理丝绳。
他所钓的是什么？既有花鲢又有鳊。既有花鲢又有鳊，钓来竟有这么多！

隰桑

写女子深爱一位君子,却未表达。

隰桑有阿❶　　隰桑有阿
其叶有难❷　　其叶有幽
既见君子　　　既见君子
其乐如何　　　德音孔胶

隰桑有阿　　　心乎爱矣
其叶有沃　　　遐不谓矣❸
既见君子　　　中心藏之
云何不乐　　　何日忘之

注释

❶阿:通"婀",柔美的样子。❷难(nuó):通"娜",茂盛的样子。❸遐不:何不。

译文

洼地桑树多婀娜,桑叶儿多么丰满。我看见了我夫君,我的心里多快乐。
洼地桑树美呀美,桑叶儿嫩绿汪汪。我看见了我夫君,心花怎能不开放。
洼地桑树多柔美,桑叶儿青色深深。我看见了我夫君,多情的话说不休。
爱你啊爱在心里,何不向他说出呀?思念之情藏心中,哪有一天忘记过!

瓠叶

写自己虽然只有一个兔子头待客,但情意深重。

幡幡瓠叶❶ 　有兔斯首
采之亨之❷ 　燔之炙之❺
君子有酒 　　君子有酒
酌言尝之 　　酌言酢之❻

有兔斯首❸ 　有兔斯首
炮之燔之❹ 　燔之炮之
君子有酒 　　君子有酒
酌言献之 　　酌言酬之

注释

❶幡(fān)幡:犹"翩翩",翻动的样子。一说叶子茂盛的样子。瓠(hù):葫芦科植物总称。❷亨(pēng):同"烹"。❸斯首:白头,兔小者头白。❹炮(páo):将动物裹上泥放在火上烧。❺炙:烤肉。❻酢(zuò):回敬酒。

译文

随风飘动瓠瓜叶,把它采来细烹饪。君子家中有美酒,主人举杯先自尝。
白头野兔体儿圆,烤它煨它味道美。君子家中有美酒,斟满敬客喝一杯。
白头野兔肉儿嫩,烤它熏它成佳肴。君子家中有美酒,斟满回敬礼节到。
白头野兔肉儿肥,煨它烤它成美味。君子家中有美酒,斟满劝饮又一杯。

渐渐之石

写东征的辛劳和无望。

渐渐之石❶　　渐渐之石　　　有豕白蹢❻
维其高矣❷　　维其卒矣❹　　烝涉波矣❼
山川悠远　　　山川悠远　　　月离于毕❽
维其劳矣　　　曷其没矣　　　俾滂沱矣❾
武人东征　　　武人东征　　　武人东征
不皇朝矣❸　　不皇出矣❺　　不皇他矣

注释

❶渐（chán）渐：借为"巉（chán）巉"，山势高峻的样子。❷维其：犹"何其"。❸皇：同"遑"，闲暇。❹卒（zú）：借为"崒"，高而险。❺不皇出：不知能否生还。❻蹢（dí）：兽蹄。❼烝：众。❽离：通"丽"，依附，此指靠近。毕：星宿名。❾俾：使。

译文

怪石嶙峋多险峭，坡又陡来峰又高。山又高来水又遥，日夜跋涉真辛劳。将士奉命向东进，出发无暇等破晓。
怪石嶙峋堆满山，又陡又险难登攀。山又高来水又遥，走到何处是尽头。将士奉命向东进，深入无暇顾退走。
野猪蹄上白毛生，成群结队蹚水波。天边月亮近毕星，大雨滂沱积水多。将士奉命向东进，无暇他顾快通过。

何草不黄

写被迫服役的人劳苦不休,像奔走在旷野的野兽。

何草不黄　　匪兕匪虎
何日不行❶　率彼旷野❹
何人不将　　哀我征夫
经营四方　　朝夕不暇

何草不玄　　有芃者狐❺
何人不矜❷　率彼幽草
哀我征夫　　有栈之车❻
独为匪民❸　行彼周道

注释
❶将:行。❷矜(guān):通"鳏",老而无妻。❸匪:通"非"。❹率:循,沿着。❺芃(péng):兽毛蓬松的样子。❻栈:即栈栈,高大的样子。

译文
什么草儿不枯黄?哪有一天不奔忙?什么人儿不奔走?往来经营奔四方。
什么草儿不腐烂?哪个不是单身汉?可怜我行役人,偏偏不被当人看。
不是野牛不是虎,旷野里东奔西走。可怜我行役人,整天劳累受辛苦。
狐狸尾巴毛蓬松,青青草里深深藏。高高役车征夫坐,走在漫长大路中。

苕之华

写乱世人生，悲不堪言。

苕之华❶	苕之华	牂羊坟首❸
芸其黄矣❷	其叶青青	三星在罶❹
心之忧矣	知我如此	人可以食
维其伤矣	不如无生	鲜可以饱

注释

❶苕（tiáo）：又叫凌霄或紫薇。华：同"花"。❷芸（yún）其：芸然，一片黄色的样子。❸牂（zāng）羊：母羊。坟：大，这里指因饥饿所致，体小头大。❹罶（liǔ）：捕鱼的竹器。

苕：今称凌霄花，攀缘性植物，花期很长，花叶可入药。

译文
凌霄花儿开放，望去一片黄呀。心里正忧愁呀，更有多凄惶呀！
凌霄花儿缤纷，叶儿绿油油呵。早知这样过活，不如不降生啊！
母羊身瘦头大，星光照罶下啊。灾荒年人吃人，岂望饱肚肠呀！

绵（节选）

歌颂周文王祖父古公亶父的功业。

绵绵瓜瓞❶　　古公亶父　　周原膴膴❺
民之初生　　来朝走马　　堇荼如饴❻
自土沮漆❷　　率西水浒　　爰始爰谋
古公亶父　　至于岐下　　爰契我龟❼
陶复陶穴❸　　爰及姜女　　曰止曰时❽
未有家室　　聿来胥宇❹　　筑室于兹

注释

❶瓞（dié）：小瓜。❷土：水名。沮（cú）："徂"的借字，到。漆：古水名，在今陕西省境内。❸陶：挖掘。复：窑洞。❹聿（yù）：发语词。胥：视察。宇：住地。❺膴（wǔ）膴：肥沃的样子。❻堇（jǐn）：旱芹。荼（tú）：苦菜。饴：麦芽糖。❼契：刻。❽曰：语助词。时：是。

堇：今称石龙芮、堇葵，嫩苗可食，味苦，为救荒植物。

译文

大瓜小瓜瓜蔓长，周族人民初兴旺，从土迁到漆水旁。太王古公亶父来，率民挖窑又开洞，没有宫室没有房。

太王古公亶父来，清早出行赶起马。沿着渭水向西走，来到岐山山脚下。他与妻子贤太姜，共察山水和住地。

周原土地真肥沃，苦菜甜如麦芽糖。大伙谋划又商量，再刻龟甲看卜象。卜辞说是可定居，在此修屋造住房。

旱麓

赞颂王者祭祖得福,又能培育人才。

瞻彼旱麓① 鸢飞戾天④ 瑟彼柞棫⑥
榛楛济济 鱼跃于渊 民所燎矣
岂弟君子 岂弟君子 岂弟君子
干禄岂弟② 遐不作人 神所劳矣

瑟彼玉瓒③ 清酒既载 莫莫葛藟⑦
黄流在中 骍牡既备 施于条枚⑧
岂弟君子 以享以祀 岂弟君子
福禄攸降 以介景福⑤ 求福不回

注释

①旱:山名,在今陕西省南郑县。②干禄:求福。③瑟:鲜亮净洁。④戾:至。⑤介:求。景:大。⑥瑟:众多的样子。⑦莫莫:茂密的样子。⑧施(yì):蔓延。

鸢：老鹰，视觉敏锐，性凶猛，可从空中俯冲下来捕捉猎物。

译文

遥望旱山那山麓，榛树楛树最茂密。君子和乐又平易，品德高尚有福禄。
祭神玉壶有光彩，香甜美酒流出来。君子和乐又平易，祖宗赐你福和禄。
鹞子高高飞天上，鱼儿跳跃在深渊。君子和乐又平易，培养人才保国邦。
摆好清醇美味酒，黄色公牛已备好。虔诚上供祭祖先，祈祷神灵把福求。
密密一片柞棫林，人们焚烧祭上天。君子和乐又平易，神灵佑助保太平。
茂密葛藤长又柔，蔓延缠绕树梢头。君子和乐又平易，求福从不违正道。

生民

赞颂周民族始祖后稷在农业种植方面的特殊才能。

厥初生民❶
时维姜嫄❷
生民如何
克禋克祀❸
以弗无子❹
履帝武敏歆❺
攸介攸止❻
载震载夙❼
载生载育
时维后稷

诞弥厥月❽
先生如达❾
不坼不副❿
无菑无害⓫
以赫厥灵
上帝不宁⓬
不康禋祀⓭
居然生子

诞置之隘巷
牛羊腓字之⓮
诞置之平林
会伐平林⓯
诞置之寒冰
鸟覆翼之
鸟乃去矣
后稷呱矣
实覃实訏⓰
厥声载路

诞实匍匐
克岐克嶷⓱
以就口食⓲
蓺之荏菽
荏菽旆旆⓴
禾役穟穟㉑
麻麦幪幪㉒
瓜瓞唪唪㉓

诞后稷之穑
有相之道
茀厥丰草㉔
种之黄茂
实方实苞㉕
实种实褎㉖
实发实秀
实坚实好
实颖实栗㉗
即有邰家室㉘

诞降嘉种
维秬维秠㉙
维穈维芑㉚
恒之秬秠㉛
是获是亩㉜
恒之穈芑
是任是负
以归肇祀

荏菽：大豆，古人很早就利用了这种植物，我国有5000年以上的栽培史。

诞我祀如何
或舂或揄[33]
或簸或蹂
释之叟叟[34]
烝之浮浮[35]
载谋载惟[36]
取萧祭脂[37]

取羝以軷[38]
载燔载烈[39]
以兴嗣岁[40]

卬盛于豆[41]
于豆于登[42]
其香始升

上帝居歆[43]
胡臭亶时[44]
后稷肇祀
庶无罪悔
以迄于今

注释

①厥初：当初。②时：是。姜嫄（yuán）：传说中周始祖后稷之母。③克：能。禋（yīn）：祭天的一种礼仪。④弗："祓（fú）"的假借，除灾求福的祭祀。⑤武：足迹。敏：通"拇"，大拇趾。歆：欢喜。⑥攸：语助词。介：休息。⑦震：同"娠（shēn）"，怀孕。⑧诞：发语词。弥：满。⑨先生：初生，第一胎。如：而。达：通"羍（dá）"，初生的小羊。⑩坼（chè）：裂开。副（pì）：破裂。⑪菑（zāi）：同"灾"。⑫不：丕。不宁：丕宁，大宁。⑬不康：丕康。丕，大。⑭腓（féi）：庇护。字：爱。⑮会：恰好。⑯实：是。覃（tán）：长。訏（xū）：大。⑰岐：知意。嶷（yí）：识。⑱就：趋往。⑲蓺（yì）：种植。荏菽：大豆。⑳旆（pèi）旆：草木茂盛。㉑役：通"颖"。颖，禾苗之末。穟（suì）穟：禾穗丰硬下垂貌。㉒幪（méng）幪：茂密的样子。㉓瓞（dié）：小瓜。唪（běng）唪：果实累累的样子。㉔茀（fú）：拔除。㉕实：是。方：萌芽始出地面。㉖褎（yòu）：禾苗渐渐长高。㉗颖：禾穗末梢下垂。栗：收获众多貌。㉘有邰（tái）：古代氏族。㉙秬（jù）：黑黍。秠（pī）：黍的一种。㉚芑（qǐ）：一种高粱。㉛恒：通"亘"，遍。㉜亩：堆在田里。㉝揄（yóu）：舀，从臼中取舂好之米。㉞释：淘米。叟（sǒu）叟：淘米声。㉟烝：同"蒸"。㊱惟：考虑。㊲萧：艾蒿。脂：牛肠油。㊳羝（dī）：公羊。軷（bá）：剥去羊皮。㊴燔（fán）：将肉放在火里烧炙。烈：将肉贯穿起来架在火上烤。㊵嗣岁：来年。㊶卬（áng）：我。豆：一种高脚容器。㊷登：瓦制汤碗。㊸居歆：为歆，应该前来享受。㊹臭（xiù）：香气。

译文

周族祖先谁人生？是因姜嫄能产子。如何生下周族人？祷告神灵祭上苍，祈求生子后嗣昌。踩着上帝拇趾印，神灵佑护总吉利。胎儿时动时静止，生下贵子勤养育，孩子就是周后稷。

怀胎十月产期满，头胎分娩很顺当。产门不破也不裂，安全无患体健康，显示灵异不平凡。上帝心中告安慰，全心全意来祭享，结果果然生儿郎。

新生婴儿弃小巷，牛羊庇护来喂养。再将婴儿扔林中，遇上樵夫被救起。又置婴儿寒冰上，鸟翼覆盖将他护。大鸟终于飞去了，后稷这才哇哇啼。哭声既长且又大，声满道路人惊讶。

后稷刚会四处爬，又懂事来又聪明，觅食吃饱有本领。稍长就会种大豆，大豆一片茁壮生。种了禾粟嫩苗青，麻麦茂密长得好，大瓜小瓜堆成山。

后稷真会种庄稼，辨明土质有法道。拔除去繁密杂草，挑选嘉禾播种好。不久吐芽出新苗，禾苗粗壮渐长高。拔节抽穗又结实，籽粒饱满成色好。禾穗沉沉收成好，定居邰地把屋造。

上天赐予好良种，秬子秠子既都见，红米白米也都全。秬子秠子遍地生，收割堆垛忙得欢。红米白米遍地生，扛着背着运仓满，归来神前祭祖先。

祭祀先祖怎个样？有舂谷也有舀米，有簸粮也有筛糠。淘米之声嗖嗖响，蒸饭喷香热气扬。筹备祭祀来谋划，艾蒿牛脂燃芬芳。大肥公羊剥了皮，又烧又烤供神享，祈求来年更兴旺。

我把祭品装碗中，木碗瓦盆派用场，香气升腾满厅堂。上帝因此来品尝，饭菜滋味实在香。后稷开创祭祀礼，祈神佑护祸莫降，流传至今好风尚。

泂酌

赞美君子平易、恩惠于民。

泂酌彼行潦❶	泂酌彼行潦	泂酌彼行潦
挹彼注兹	挹彼注兹	挹彼注兹
可以饙饎❷	可以濯罍❸	可以濯溉❺
岂弟君子	岂弟君子	岂弟君子
民之父母	民之攸归❹	民之攸塈

注释

❶泂（jiǒng）：远。❷饙（fēn）：蒸煮。饎（chì）：酒食。❸罍（léi）：酒坛。❹攸归：所依归。❺溉：当读为"概"，是盛酒的漆器。

译文

远远前去舀流水，取回水来灌水瓮，蒸煮酒食味甘美。君子和易又近人，人民爱你如父母。

远远前去舀流水，取回水来灌水瓮，洗濯酒坛无垢滓。君子和易又近人，人民依附向往你。

远远前去舀流水，取回水来灌水瓮，洗濯酒樽无垢滓。君子和易又近人，人民安息心欢喜。

烝民(节选)

赞颂仲山甫的德行与政绩,也赞颂周宣王任贤用能。

人亦有言
柔则茹之❶
刚则吐之
维仲山甫
柔亦不茹
刚亦不吐
不侮矜寡❷
不畏强御

人亦有言
德輶如毛❸
民鲜克举之
我仪图之❹
维仲山甫举之
爱莫助之
衮职有阙❺
维仲山甫补之

注释
❶茹:吃。❷矜:古同"鳏",老而无妻。❸輶(yóu):轻。克:能。❹仪图:揣度。❺职:犹"适",即偶然。阙:缺。

译文
古人有话这样说:"东西要拣软的吃,硬的吐出放一旁。"世间只有仲山甫,软的东西不乱吃,东西再硬也不吐。鳏寡孤独不欺侮,碰着强暴不畏惧。
古人有话这样道:"德行如同毛羽轻,人们很少能举高。"认真思考细揣度,做到只有仲山甫,可惜无人能帮助。天子如若有不足,独有山甫能弥补。

卷阿[1]（节选）

写周成王在卷阿之上游乐。

凤皇于飞
翙翙其羽[2]
亦集爰止
蔼蔼王多吉士
维君子使
媚于天子

凤皇于飞
翙翙其羽
亦傅于天
蔼蔼王多吉人[3]
维君子命
媚于庶人

凤皇鸣矣
于彼高冈
梧桐生矣
于彼朝阳
菶菶萋萋[4]
雝雝喈喈

注释
[1] 卷阿：即蜿蜒曲折之丘陵。[2] 翙（huì）翙：鸟飞展翅的声音。[3] 蔼蔼：众多的样子。[4] 菶（běng）菶：与"萋萋"意同，指枝叶茂盛。

梧桐：树直、叶大、花美，古人常植于庭院，并赋予它高洁、忠贞、孤独的美好寓意。

译文

雄凤雌凰在飞翔，百鸟展翅紧相随，凤停树上百鸟陪。贤士济济聚一堂，任您驱使献智慧，爱戴天子不敢违。

雄凤雌凰在飞翔，百鸟纷纷紧相随，高飞直到天空上。贤士济济聚一堂，听你命令不辞累，爱护人民行无亏。

凤凰鸣叫示吉祥，声音响在高山冈。高冈上面生梧桐，面向东方迎朝阳。枝叶苍苍多茂盛，凤凰和鸣声悠扬。

灵台

写周文王营建的带园林的离宫。

经始灵台	王在灵囿❸	虡业维枞❽	於论鼓钟
经之营之❶	麀鹿攸伏❹	贲鼓维镛❾	於乐辟廱
庶民攻之❷	麀鹿濯濯❺	於论鼓钟❿	鼍鼓逢逢⓬
不日成之	白鸟翯翯❻	於乐辟廱⓫	矇瞍奏公⓭
经始勿亟	王在灵沼		
庶民子来	於牣鱼跃❼		

注释

❶经：测量。❷攻：营造。❸灵囿（yòu）：灵台下养鸟兽的花园。❹麀（yōu）鹿：母鹿。攸：语气助词。❺濯濯：鸟兽毛色润泽的样子。❻翯（hè）翯：羽毛白净的样子。❼於：语气助同。牣（rèn）：满。❽虡（jù）：挂钟的直柱。业：挂钟横梁上的大版。❾贲（fén）：借"鼖"，大鼓。镛（yōng）：大钟。❿论：通"伦"，依次。⓫辟廱（bì yōng）：离宫名。一说大学学宫。⓬鼍（tuó）鼓：鳄鱼皮蒙的鼓。逢逢：和顺的鼓声。⓭矇（mēng）：有眼珠的盲人。瞍（sǒu）：无眼珠的盲人。公：同"工""功"。

译文

开始计划造灵台，认真测量巧经营。庶民百姓齐努力，不多几天就建成。开始计划本不急，百姓如子挥手到。
文王来到灵囿中，母鹿安静躺伏着。母鹿体壮自在游，白鸟洁净羽毛白。文王来到灵池旁，满池鱼儿蹦跳欢。
钟鼓支架崇牙耸，悬挂大鼓和大钟。依次轮流击钟鼓，文王享乐在离宫。
依次轮流击钟鼓，国王享乐在离宫。敲起鼍鼓响彭彭，盲人乐师奏颂歌。

颂

宗庙祭祀歌,
配合乐器,采用皇家乐调,
带有扮演、舞蹈的艺术样式,
多为对王侯功德的赞美之辞,
包括《周颂》《鲁颂》《商颂》,
故称"三颂"。

振鹭

周天子祭祀仪式中唱的诗。

振鹭于飞❶　在彼无恶❹
于彼西雝　在此无斁❺
我客戾止❷　庶几夙夜
亦有斯容❸　以永终誉❻

注释

❶雝（yōng）：水泽。❷客：指宋国诸侯微子。戾：至。❸斯容：言来客有白鹭般高洁的姿容。斯，指鹭鸟。❹彼：来客所在之国。❺斁（yì）：厌弃。❻终：韩、鲁诗作"众"，盛多。

鹭：今称鹭鸶，白日喜欢三五集群活动，晚上栖息成百上千只集群。

译文
白鹭成群展翅翔，在那西边大泽上。我的贵客来到了，仪容高洁真漂亮。他在本国无人怨，很受欢迎到我邦。望您日夜多勤勉，美名长保天下扬。

天作

祭祀周民族祖先古公亶父的诗。

天作高山❶
大王荒之❷
彼作矣❸
文王康之❹
彼徂矣❺
岐有夷之行
子孙保之

注释
❶作：生，创造。高山：指岐山。❷大王：太王，古公父的尊称，周文王的祖父。荒：治荒，开荒。❸彼：百姓。作：这里指建筑房屋。❹康：安康。❺徂：往，这里指百姓归附于周。

译文
天生高山多荒凉，太王治理开古荒。百姓在此盖新房，文王让大家享安康。百姓纷纷来定居，岐山道路坦荡荡。子孙永保代代昌！

噫嘻

周成王举行亲耕之礼、祈告丰年的乐歌。

噫嘻成王❶　骏发尔私❺
既昭假尔❷　终三十里❻
率时农夫❸　亦服尔耕❼
播厥百谷❹　十千维耦❽

注释

❶噫嘻:赞叹词。成王:周成王。❷假(gǔ):通"徦",告。尔:代指田官,后两"尔"代指农奴。❸时:是,此。❹厥:此。❺骏:迅速。私:"耜(sì)"字之误。耜,古代耕地农具。❻三十里:指方圆三十里,九百平方公里,谓耕种地域长而广。❼服:配合。❽十千:一万。耦(ǒu):二人各持一耜并肩而耕。

译文

啊,英明伟大周成王,召集你们把话讲。率领这些农夫们,播种百谷莫遗忘。赶快开发你私田,三十里内都种遍。大力配合大伙儿的耕作,万人并耕齐劳动。

潜

写祭祀中进献各种鱼类。

猗与漆沮[1]
潜有多鱼[2]
有鳣有鲔[3]
鲦鲿鰋鲤[4]
以享以祀
以介景福

注释

[1] 猗与（yī yǔ）：亦作"猗欤"，赞叹词。漆、沮：岐周的二水名。[2] 潜：椮。一说是放在水中供鱼栖息的柴堆。[3] 鳣（zhān）："鲟鳇鱼"的古称。一说大鲤。鲔（wěi）：鲟鱼。[4] 鲦（tiáo）：白鲦。鲿（cháng）：黄颊鱼。鰋（yǎn）：鲇鱼。

鲦：今称白鲦、青鳞子、䲘子鱼，栖息于水体中上层，迅疾善跳。

译文

漆水沮水真美丽，多种鱼类在栖息。鳣鱼成对鲔摆尾，白鲦黄颊鲇和鲤。做成供品上祭台，祈求祖先降大福。

有客

周天子设宴送别来朝的诸侯。

有客有客　　有客宿宿❸　　薄言追之❻
亦白其马　　有客信信❹　　左右绥之❼
有萋有且❶　　言授之絷❺　　既有淫威❽
敦琢其旅❷　　以絷其马　　降福孔夷❾

注释
❶有且：且且，随从众多的样子。❷敦琢：雕琢。旅：众，指随从。❸宿宿：谓连住两夜。❹信信：谓连宿四夜。❺絷（zhí）：绳索。❻追：送，饯送。❼绥：安。❽淫威：大德。❾孔：甚。夷：大。

译文
有客有客好名声，驾着白马来王庭。随从人员众且多，个个盛服来随驾。
挽留贵客住两夜，住了两夜又两夜。给他一条绊马绳，拴住马脚别让乘。
将要离去送别他，左右安慰心意诚。客人今已受厚待，老天赐福将更大。

闵予小子

写周成王祭祀周武王、周文王。

闵予小子❶　念兹皇祖
遭家不造❷　陟降庭止❹
嬛嬛在疚❸　维予小子
於乎皇考　　夙夜敬止
永世克孝　　於乎皇王❺
　　　　　　继序思不忘❻

注释
❶小子：成王对先王、先祖自谦称。❷不造：不吉祥，不幸。❸嬛（qióng）嬛：同"茕茕"，孤独无依。疚：心伤致病。❹陟（zhì）降：升降，指文王灵魂升降于王庭，以赐福佑。❺皇王：指文王和武王。❻序：绪，即王业。

译文
念我这年幼的小子，家门遭丧真不幸，孤苦无依忧成病。啊，大先父周武王，终生能把孝道尽！
远念我伟大的先祖，神灵常降保王庭。想我嗣位年纪轻，日夜恭谨理朝政。啊，文王武王请放心，继承宏业不敢忘！

小毖

周成王自戒,请求贤臣辅助自己。

予其惩而毖后患[1]
莫予荓蜂[2]
自求辛螫[3]
肇允彼桃虫[4]
拚飞维鸟[5]
未堪家多难
予又集于蓼[6]

注释

[1]毖:谨慎。[2]荓(píng)蜂:牵引扶持。[3]螫:事。辛螫,即辛苦之事。[4]桃虫:即鹪鹩。[5]拚(fān):同"翻",飞的样子。

蜂：大黄蜂、马蜂，尾端有自由伸缩的毒针，毒性极大。

译文

我真的要警戒，谨慎地防后患，没人使我没人牵，是我自找那辛苦。开始以为小鹪鹩，翻身飞起成个鸟。不堪国家多患难，我应茹苦防祸端。

駉

写各种骏马奔驰原野，以此赞颂鲁僖公治国强盛。

駉駉牡马❶
在坰之野❷
薄言駉者❸
有骄有皇❹
有骊有黄❺
以车彭彭❻
思无疆思
马斯臧❼

駉駉牡马
在坰之野
薄言駉者
有骓有骆⓫
有骍有雒⓬
以车绎绎
思无斁思
马斯作

駉駉牡马
在坰之野
薄言駉者
有骓有駓❽
有骍有骐❾
以车伾伾❿
思无期思
马斯才

駉駉牡马
在坰之野
薄言駉者
有驒有骆⓭
有驔有鱼⓮
以车祛祛⓯
思无邪思
马斯徂

注释

❶駉（jiōng）駉：马健壮貌。❷坰（jiōng）：野外。❸薄言：发语词。❹骄（yù）：黑身白胯的马。❺骊（lí）：纯黑色的马。黄：黄赤色的马。❻以车：驾车。❼臧：善。❽骓（zhuī）：苍白杂色的马。駓（pī）：毛色黄白相杂的

马:人类对马的驯化有4000年以上的历史,《诗经》中出现最多的动物就是马。

马。❾骍(xīng):赤黄色的马。骐:青黑色相间的马。❿伾(pī)伾:有力的样子。⓫驒(tuó):青黑色而有鳞状斑纹的马。骆:白身黑鬃的马。⓬骝(liú):赤身黑鬃的马。⓭骃(yīn):浅黑间杂白色的马。騢(xiá):赤白杂色的马。⓮驔(diàn):黑身黄脊的马。鱼:两眼长两圈白毛的马。⓯祛(qū)祛:强健的样子。

译文

群马高大又健壮,放牧广阔草场上。说起这些雄健马,毛带白色有骊皇,毛色相杂有骊黄,驾起车来奔前方。跑起路来远又长,马儿骏美膘儿壮。

群马高大又健壮,放牧广阔草场上。说起这些雄健马,黄白为骓灰白駓,青黑为骍赤黄骐,驾起战车上战场。雄壮力大难估量,马儿骏美力又强。

群马高大又健壮,放牧广阔草场上。说起这些雄健马,驒马青色骆马白,骝马火赤雒马黑,驾着车子快如飞。精力无穷没限量,马儿腾跃膘儿壮。

群马高大又健壮,放牧广阔草场上。说起这些雄健马,红色为骃灰白騢,黄背为驔白眼鱼,驾着车儿气势昂。沿着大道不偏斜,马儿如飞奔驰忙。

泮水

赞颂鲁僖公在泮宫举行受俘仪式,有德有威。

思乐泮水❶
薄采其芹❷
鲁侯戾止❸
言观其旂❹
其旂茷茷❺
鸾声哕哕❻
无小无大
从公于迈❼

思乐泮水
薄采其藻
鲁侯戾止
其马蹻蹻
其马蹻蹻
其音昭昭❽
载色载笑
匪怒伊教❿

思乐泮水
薄采其茆⓫
鲁侯戾止
在泮饮酒
既饮旨酒⓬
永锡难老⓭
顺彼长道⓮
屈此群丑⓯

穆穆鲁侯
敬明其德⓰
敬慎威仪
维民之则
允文允武
昭假烈祖⓱
靡有不孝⓲
自求伊祜⓳

明明鲁侯⓴
克明其德
既作泮宫
淮夷攸服㉑
矫矫虎臣㉒
在泮献馘㉓
淑问如皋陶㉔
在泮献囚

济济多士
克广德心
桓桓于征㉕
狄彼东南㉖
烝烝皇皇㉗
不吴不扬㉘
不告于讻㉙
在泮献功

角弓其觩㉚
束矢其搜
戎车孔博
徒御无斁㉝
既克淮夷
孔淑不逆㉞
式固尔犹㉟
淮夷卒获㊱

翩彼飞鸮㊲
集于泮林
食我桑葚
怀我好音
憬彼淮夷㊴
来献其琛
元龟象齿㊶
大赂南金㊷

茆：今称莼菜，生于清洁水域，嫩叶可食，今天仍是珍贵蔬菜。

注释

①泮（pàn）水：水名。一说学宫前的水池。②薄：语助词。芹：水芹菜。③戾：临，止。语尾助词。④言：语助词。旂（qí）：绘有龙形图案的旗帜。⑤茷（fá）茷：飘扬貌。⑥鸾：通"銮"，车铃。哕（huì）哕：铃和鸣声。⑦公：诸侯鲁僖公，鲁国国君。⑧蹻（jué）蹻：马强壮貌。⑨昭昭：指声音洪亮。⑩伊：语助词。⑪茆（mǎo）：莼菜。⑫旨酒：美酒。⑬锡：同"赐"。⑭道：指礼仪制度等。⑮丑：恶，指淮夷。⑯敬：努力。⑰昭假：犹"登遐"，升天。⑱孝：同"效"。⑲祜（hù）：福。⑳明明：同"勉勉"。㉑淮夷：淮水流域不受周王室控制的民族。攸：所。㉒矫矫：勇武貌。

㉓馘（guó）：古代为计算杀敌人数以论功行赏而割下的敌尸左耳。㉔皋陶（yáo）：相传尧时负责刑狱的官。㉕桓桓：威武貌。㉖狄：同"剔"，除。㉗烝烝皇皇：众多盛大貌。㉘吴：喧哗。㉙讻（xiōng）：争辩。㉚角弓：两端镶有兽角的弓。㉛束矢：五十支一捆的箭。搜：通"嗖"，箭急飞声。㉜孔：很。博：宽大。㉝徒：指步兵。御：指战车上的武士。㉞淑：顺。㉟式：语助词。固：坚定。犹：借为"猷"，谋。㊱获：克。㊲鸮（xiāo）：猫头鹰，古人认为是恶鸟。㊳怀：归，此处为回答意。㊴憬（jǐng）：觉悟。㊵琛（chēn）：珍宝。㊶元龟：大龟。㊷赂：通"璐"，美玉。

译文

大家游乐泮水滨，来此采摘水芹菜。鲁侯大驾要光临，已经看到旌旗扬。旗帜飘扬猎猎舞，鸾铃和鸣声声在。无论大官和小官，跟随僖公向前行。

游乐泮水兴致高，我在水中采水藻。鲁侯大驾已来到，他的马儿真健矫。他的马儿真健矫，他的声音亮又高。鲁侯和颜面带笑，不发怒气耐心教。

游乐泮水久停留，采摘莼菜轻伸手。鲁侯大驾已光临，泮宫里面饮美酒。美酒已经举杯饮，祝君长生不老寿。代代相传遵正道，征服敌寇那群丑。

举止肃穆的鲁侯，小心修德真仁厚。注意威仪有礼貌，光辉榜样人人效。真正能文又能武，先祖神灵诚祭告。遵循祖训无不孝，求得上天长庇佑。

鲁侯治国真勤勉，善于修养功德圆。已把泮宫建设好，淮夷人民都归服。勇壮如虎将帅臣，斩获敌耳泮宫献。审讯得法似皋陶，就在泮宫献俘虏。

齐心协力众兵将，鲁侯仁德能发扬。威风凛凛去出征，平定东南势力强。声势盛大军容壮，不嘈杂也不喧嚷。宽待俘虏不穷究，泮宫献功无夸张。

角弓弯弯硬又强，百箭发出嗖嗖响。兵车坚固数量多，战士英勇斗志昂。已经战胜那淮夷，甘心顺从不敢闹。因为坚持好谋略，淮夷终于得扫荡。

翩翩飞来猫头鹰，落在泮水旁边林。吃了我的桑上果，回报我们好声音。如今淮夷有觉悟，前来贡献多珍品。既有大龟和象牙，还有南方特产金。

有駜

君臣宴饮之诗。

有駜有駜❶	有駜有駜	有駜有駜
駜彼乘黄	駜彼乘牡❻	駜彼乘駽❼
夙夜在公❷	夙夜在公	夙夜在公
在公明明❸	在公饮酒	在公载燕❽
振振鹭	振振鹭	自今以始
鹭于下	鹭于飞	岁其有
鼓咽咽❹	鼓咽咽	君子有穀
醉言舞	醉言归	诒孙子❾
于胥乐兮❺	于胥乐兮	于胥乐兮

注释

❶駜(bì):马肥壮有力貌。❷公:官府。❸明明:通"勉勉",努力貌。❹咽咽:形容鼓声深长。❺于:通"吁",感叹词。胥:相。❻牡:公马。❼駽(xuān):青骊马,又名铁骢马。❽载:则。燕:通"宴"。❾诒(yí):赠予,遗留。

译文

多么肥壮又高大,拉车四匹马毛黄。早晚忙碌在公家,为公勉力图国强。一群白鹭振翅飞,渐收羽翼身下俯。鼓儿敲起咚咚响,趁着醉意都起舞。一起乐啊心神舒!

多么高大多肥壮,拉车四匹是公马。早晚忙碌在公家,在那饮酒喜交加。一群白鹭振翅飞,渐展翅膀任来回。鼓儿敲起咚咚响,趁着醉兴把家归。乐在一起真快慰!

多么强壮多有劲,拉车四匹铁骢健。早晚忙碌在公家,在官府里设酒宴。打从如今开了头,年年都有好收成。君子有福又有禄,福泽世代留子孙。乐在一起真高兴!

玄鸟

祭祀殷高宗武丁的乐歌。

天命玄鸟❶
降而生商
宅殷土芒芒❷
古帝命武汤❸
正域彼四方❹

方命厥后❺
奄有九有❻
商之先后
受命不殆❼
在武丁孙子
武丁孙子
武王靡不胜

龙旂十乘
大糦是承❽
邦畿千里
维民所止❾
肇域彼四海

四海来假
来假祁祁❿
景员维河
殷受命咸宜
百禄是何⓫

注释

❶玄鸟：燕子。❷宅：居。芒芒：通"茫茫"，广大的样子。❸古帝：犹天帝。❹正：通"征"，治理疆域。❺方：通"旁"，普遍。后：君，指各部落首领。❻奄：覆盖，包括。❼殆：通"怠"。❽承：供奉。❾止：居住。❿假：通"格"，至。祁祁：众多。⓫何：通"荷"，承受。

玄鸟：燕子，候鸟，善飞行，动作敏捷轻巧，喜在屋檐下筑巢。

译文

天帝发令给神燕，降而生契始建商，住居殷地广茫茫。当初上帝命成汤，征伐天下安四方。

广施号令为君王，九州全部归商疆。殷商先祖与后君，承受天命不怠妄，直到武丁都如此。后裔武丁是贤王，威武王业正盛强。

十辆马车插龙旗，贡献粮食常载满。领土辽阔上千里，人民定居这地方，四海之内是封疆。

四夷小国来朝拜，络绎不绝纷又攘。景山四周黄河绕，殷受天命人称善，百种福禄都承享。